SARAH MAEGHT

C'EST OÙ, LE NORD ?

roman

ALBIN MICHEL

© Éditions Albin Michel, 2016

*À Méganne et Margaux,
et merci Jupiter!*

Préface

Commencer le roman de Sarah Maeght, c'est ne plus le lâcher. Ne l'ouvrez pas à onze heures du soir en vous disant : « Tiens, je vais lire deux ou trois pages et m'endormir », vous ne dormirez pas. Et le lendemain, épuisé par une nuit blanche, vous prendrez la machine à café pour la photocopieuse. Parce que c'est un thriller haletant ? Pas du tout. Parce qu'en grattant le dernier mot, surgit un billet de loto ? Mais non, mais non...

C'est plus subtil, plus ensorcelant. Dès la première scène, vous êtes happé. Fait aux pattes. Saucissonné. Vous ne voulez plus lâcher son héroïne, Ella, ni son copain Théo, sa copine Lou qui passe des castings pour une marque de lait concentré, son amant, Victor, ébéniste, son amante Cléo, photographe. Sans oublier sa sœur Julie, amoureuse du gorille du Jardin des Plantes, et Klaus, le poisson rouge qui tourne en rond dans son bocal et se fait du mouron.

Sarah Maeght est prof de français dans un collège à Paris. Les livres, elle les avale tel un mangeur de sabres.

Les Salons de Diderot et les lettres de la Marquise, Carson McCullers et John Fante, André Gide et Oscar Wilde. Ses phrases galopent, ses mots crépitent, elle saupoudre des goûts, des couleurs, des bruits et des odeurs pour titiller les sens. On respire le maïs grillé dans les couloirs du métro, on entend les chansons douces de Vanessa Paradis, les bottes des prostituées chinoises qui raclent les trottoirs de Belleville et on goûte le trajet d'un baiser sur la peau d'un garçon. Ou d'une fille, c'est égal. Car elle a une idée très précise de l'orgasme, « c'est quand les jambes tremblent, je l'ai appris dans *Loft Story* » et le recherche avec application.

Il y a des petits matins glauques, des face-à-face pas rigolos, des parents aux abonnés absents, des amis confidents, et toujours le ciel de Paris au-dessus de la tête, les rues, les bistrots, le métro, les boîtes où on danse, danse, danse.

C'est où, le nord ? est le manifeste d'une gamine d'aujourd'hui. Un peu perdue, beaucoup éperdue, qui apprend la vie comme un bébé jeté dans le grand bain.

Sarah Maeght écrit sans faire sa mijaurée, ni son intello perchée. Elle triche pas, elle minaude pas. Elle raconte, avec rage et pleine d'espoir, le quotidien d'un prof, les errances d'une fille de vingt-quatre ans qui ne sait pas très bien où elle va. C'est où, le nord ? Elle l'ignore. Mais elle y va gaiement.

C'est le portrait d'une génération, une photographie de la France d'aujourd'hui, un verre de grenadine avec trois doigts de désespoir et quelques substances interdites. Les jeunes s'y retrouveront, les parents qui se posent des questions, aussi.

Des livres comme celui-là, on les ouvre et on reste planté à tourner les pages, la langue pendante. Parce que Sarah Maeght n'a pas peur de l'émotion, Sarah Maeght ne fait pas semblant. «L'humour et la douleur mélangés avec une superbe simplicité», aurait dit Bukowski.

Vous avez compris : j'ai aimé. Beaucoup. Beaucoup.

Katherine Pancol

I
L'hiver

1

– Vous connaissez Télé-Achat, madame ?

Elias se tortille devant moi. Il glisse les pouces derrière ses bretelles. Elles retiennent un pantalon mauve assorti au bonnet enfoncé sur ses cheveux crépus.

Je repose le tampon. Un petit nuage de poussière blanche disparaît dans la classe des 6e D.

– C'est sur France 2 le matin, avant que ma mère se réveille.

D'après l'infirmière scolaire, il faut « encourager Elias à s'exprimer ».

– Qu'est-ce que tu as vu d'intéressant au Télé-Achat ?

Il pose une main sur sa hanche, avance le menton. On dirait un animateur télé miniature :

– Un robot pour mixer la soupe, monter les blancs en neige et hacher le bœuf. Tout-en-un ! Et un aspirateur qui avance tout seul, une pilule pour maigrir…

La classe est vide. Seule Shaïma, étouffée dans sa doudoune, recopie les devoirs. Un Bic dans une main, son agenda dans l'autre.

Elle plaque les mains sur son gros ventre et rétorque, d'une voix aussi grinçante que la craie sur le tableau :
– Elles marchent pas, les pilules, ma mère, elle a essayé et elle a toujours de la graisse. C'est comme leur bombe pour les insectes. N'importe quoi ! Y'a des mouches plein la cuisine.
Elias se plante devant elle, les jambes droites, le buste en avant. Il pointe l'index, menaçant :
– Quoi ? T'aimerais pas avoir un aspirateur qui lave aussi les vitres ?
Il fait claquer ses bretelles, laisse tomber les bras de chaque côté de son corps, saisit la poignée de son cartable à roulettes et sort de la classe, bousculant trois chaises au passage.
Shaïma le suit en riant. Son rire est continuel, il lui arrive d'être saisie de hoquets pendant les leçons de grammaire.
– Je vous jure, madame, le Télé-Achat, c'est pareil que la vie.
– Comment ça ?
– C'est jamais comme à la télé.
Elle s'élance, franchit la porte. Son cartable rebondit sur ses fesses comprimées dans un legging parsemé de cœurs.
– On dit au revoir madame Beaulieu ! je crie.
Julien passe la tête dans la salle :
– Bonjour, Ella, pense à rendre les inscriptions pour la messe de Noël à Joëlle Singer.

– La prof de SVT ?
– Oui, c'est elle qui s'en occupe, elle doit être au laboratoire, premier étage.
Julien a les cheveux attachés en queue-de-cheval. Une fine moustache surligne sa lèvre supérieure. Les élèves l'appellent Zorro. Il est lent, calme, réfléchi. Contrairement à ses collègues dont on entend les hurlements pendant les récréations et les interclasses, il ne hausse jamais la voix. Il lui suffit de claquer des doigts dans la direction d'un élève pour que celui-ci rentre la tête dans les épaules et obéisse. Julien est surveillant et animateur du club d'astronomie.
J'ai vingt-quatre ans, je suis pour la première fois professeur de français au collège Saint-François-d'Assise et complètement dépassée.

Au premier étage, j'entends des rires étouffés. J'ai monté les marches à toute allure pour retrouver Joëlle. Je m'arrête pour reprendre mon souffle. C'est la récréation, les élèves sont dans la cour. J'aperçois le cardigan rouge de Vincent Tartanguer, professeur de chimie. Accoudé au mur, il est penché sur une fille de 4e, une grande blonde très maquillée, elle porte un serre-tête, un caleçon noir, un t-shirt qui laisse voir son nombril percé d'un strass violet.
Ils sont trop près l'un de l'autre. La première chose qu'on apprend en formation, c'est à se tenir loin des

élèves, à ne jamais les toucher, pas même d'une main sur l'épaule. Je m'approche, Vincent se redresse, toussote, la fille s'écarte et tire sur son t-shirt.

— Excuse-moi de te déranger, je cherche Joëlle.

— Tu ne déranges pas, il réplique en souriant. Les résultats de Lola ont beaucoup chuté, il fallait que je lui parle en tête à tête.

La fille glousse, lève sur moi des yeux comme deux gouttes de pluie coulées sur son visage de poupée, elle doit avoir quinze ans mais elle est plus grande que moi.

— Madame Singer, elle est dans le labo, elle dit en tortillant une mèche de cheveux.

Au fond du couloir, Augustin observe la scène. Un élève de 6e n'a rien à faire à cet étage.

— Qu'est-ce que tu fais là ? je crie. Retourne dans la cour !

— C'est mon frère, dit la fille d'une voix traînante, toujours dans mes pattes...

Augustin détale dans l'escalier, le lino feutre ses pas précipités.

J'entre dans le laboratoire, Joëlle range des éprouvettes par ordre de grandeur. Derrière elle, des reproductions de scènes bibliques, le tableau de Mendeleïev et des cartes postales de Provence sont punaisés sur un grand panneau de liège.

C'EST OÙ, LE NORD ?

Joëlle Singer est professeur de SVT et responsable de la pastorale. Cou droit comme un cierge, seins tombants, sourire artificiel, elle parle d'une voix chantante, comme si elle avait avalé une de ces petites boîtes à musique qu'on trouve dans les boutiques de souvenirs à Montmartre. Elle semble toujours sur le point d'entamer un *Alléluia* le visage tourné vers le ciel. La période de Noël la rend encore plus vibrante que d'habitude. Toute la journée, elle sifflote avec dévotion « Il est né le divin enfant », et les couloirs se vident.

– Tu devrais venir, Ella, nous préparons une crèche vivante !
– Avec des élèves ?
– Oui, le petit Basile joue le ravi.
– C'est quoi ça, le ravi ?
– Le simple d'esprit, le fada, il accueille Jésus à bras ouverts.
– Basile n'est pas fada, il est Asperger !
– C'est un peu la même chose…

Basile fait partie du dispositif ULIS qui intègre des élèves autistes dans les classes. Il ne sait pas conjuguer un verbe, accorder un adjectif, faire un simple exercice de grammaire, mais il a les meilleures notes en rédaction.

– Il est brillant, je suis sûre que, dans trois ans, il passe le brevet comme tous les autres.

Joëlle lève les yeux au ciel.

– Le brevet, impossible. Oh… Ella, tu es pleine de

bonnes intentions. C'est très mignon, mais on n'a jamais inscrit un élève ULIS au brevet.

— C'est pas mignon ! Hors de question qu'il joue le débile de la crèche.

— Devine qui fait Marie ? elle demande, pour faire diversion.

Je lui laisse m'annoncer l'heureuse nouvelle.

— C'est moi. J'ai été choisie.

— Et Joseph ?

— Les enfants en ont fabriqué un splendide en papier mâché. Mais j'y pense, tu ferais un merveilleux Joseph !

J'essaie de lui expliquer que je ne suis pas la bonne personne, qu'à part Balthazar, Melchior et Gaspard, je n'ai rien retenu de mon année de catéchisme, elle reste persuadée qu'il y a en moi une fervente catholique prête à distribuer les cahiers de chants et à construire une croix géante en macaronis.

Je ne suis même pas baptisée. Maman voulait me laisser le choix.

Quand j'accompagnais Mamie Colette le dimanche matin à la messe, je récitais les prières mais restais assise au moment de la communion. Dommage, ça doit être quelque chose d'avoir le corps du Christ sur le bout de la langue.

Dieu.

C'est grâce à Lui que j'ai parlé pour la première fois à Victor.

C'était à la fin de l'année de terminale dans l'église

de Bergues, dans le Nord. Les vitraux filtraient la lumière du jour qui éclairait le tabernacle, une douce odeur d'ambre et de cire envahissait la nef. Quand la cérémonie s'était terminée, j'avais allumé un lumignon. Les mains croisées devant la Vierge, j'avais supplié papi, Jésus et David Bowie de m'accorder la mention assez bien.
– Tu pries pour quoi, sacrée Ella ?
Le visage éclairé par les petites lueurs des vœux des paroissiens, Victor me souriait.
J'étais restée muette.
Il avait attrapé dans le creux de ma main la pièce de deux euros destinée à Marie.
– Je t'offre un café ?
J'avais accepté. On avait passé deux heures à bavarder de nos envies de partir loin du Nord, des briques rouges et de la mer grise. Il me parlait des voyages qu'il ferait quand il aurait assez d'argent pour s'acheter un deux-mâts. Il appuyait son genou contre le mien et mille aiguilles délicieuses me picotaient la peau.
On a fait l'amour pour la première fois contre la porte de ma chambre d'adolescente, sur le poster de Vanessa Paradis. Dans l'appartement de ma mère parce que, si mon père nous avait surpris, il n'aurait pas laissé partir Victor sans lui faire signer un contrat de fidélité et de bonheur assuré pour sa fille chérie. David Bowie à fond pour couvrir mes gémissements et mon âne en peluche

caché sous le lit. J'étais accrochée pour toujours à Victor, en un quart d'heure de plaisir.

On ne s'est plus quittés.

Après le bac mention assez bien, on est partis vivre à Paris, on s'est inscrits à la fac : lui en CAP ébéniste, moi en lettres modernes. Je vivais dans la chambre de bonne qu'une famille me prêtait en échange d'heures de ménage et de baby-sitting. Victor habitait dans une résidence, un foyer pour garçons. Dans sa chambre, assis sous les scies et les échantillons de bois qui dépassaient de ses étagères, on a composé notre liste de rêves. Je passais mon CAPES et devenais professeur de français, il trouvait une place d'apprenti dans une bonne boîte, on prenait un appartement ensemble, à Paris, on achetait un poisson rouge, on l'appelait Klaus.

Ensuite, tout s'accélérait. Je réussissais l'agrégation, il ouvrait son propre atelier. Pendant les vacances scolaires, on partait faire le tour du monde. Pas n'importe comment ! On surfait avec les requins et les tortues géantes, on dansait au son des trompettes en Serbie, on nageait dans les abysses, on dormait sous les aurores boréales, on dévorait une autruche à la broche en Australie, on se tatouait un kangourou au creux du poignet...

On s'est arrêtés au poisson rouge. Il s'appelle Klaus et il lui manque une nageoire.

Pour le reste, comme pour le Télé-Achat, rien ne s'est passé comme prévu.

C'EST OÙ, LE NORD ?

Dans le bus 103, direction Belleville, je me laisse tomber à côté d'Annick Caroulle, professeur d'histoire-géo et hypocondriaque. Elle terrorise les enfants en lançant des craies depuis son bureau sur les bavards et les tricheurs. Ses cheveux gris-jaune semblent avoir poussé dans la fumée de cigarettes.
– Comment ça va, Annick ?
– Ma petite Lulu me joue des tours.
– T'as un chien ?
– Non, une vésicule biliaire.
Elle sort d'une enveloppe kraft une radio de son foie et me la tend.
– Elle me pourrit la vie. Depuis mon AVC, tout est détraqué.
Sur la radio, en dehors de quelques ronds gris et lisses qui flottent dans une boue noire, je ne distingue pas grand-chose. Annick pose le doigt sur une forme ovale.
– Elle est là... Lulu la salope.
Elle récupère la radio, la fourre dans un sachet Auchan rempli d'atlas et de frises chronologiques, enfile ses mitaines et descend du bus.
– À lundi, blondinette !

2

Métro Belleville. Posés sur de grands draps blancs, des petits chiens en plastique sautillent dans les couloirs de la station, ils jappent et remuent leurs oreilles pailletées. Plus loin, des parfums Dior, des ceintures Hermès, des polos Lacoste, des mocassins « bonne qualité, vrai cuir ». Les vendeurs à la sauvette disent « vrai cuir » comme ils disent « vraies Marlboro » pour des cigarettes qui arrachent la gorge et « vrai Chanel » pour des rouges à lèvres qui boursouflent la bouche.

Au pied de la station un marchand d'avocats s'époumone derrière ses cagettes empilées, « Alézialézialézi », un vieillard grille des épis de maïs et les sert à une grosse dame qui emmaillote son bébé dans un boubou, « Alézialézialézi », les prostituées chinoises en doudounes fluo piétinent de froid devant les vitrines, « Alézialézialézi », le SDF tend la main devant Best Tofu.

« Alézialézialézi », le refrain du boulevard de la Villette.

Je ferme les yeux devant les carcasses de bœufs suspendues aux crochets de la boucherie Viande à Gogo et passe devant le bistrot La Maison.

Farid, le patron, fume dans l'encadrement de la porte, il soulève son chapeau rayé :
– Salut voisine, tu viens au concert ?
– Pas ce soir.
– L'amoureux transi ?
– T'as tout compris.

Trouver Victor, c'était trouver mon meilleur ami, avec les frissons dans les hanches en plus. Toujours surprise par ses yeux parfois gris, parfois bleus, de la couleur du temps comme la robe de Peau d'Âne.

Victor et ses cheveux délavés, son nez trop grand, sa barbe naissante, son odeur de copeaux de bois, ses bras puissants qui m'entraînent dans un trou noir.

Il m'attend chez nous. Depuis que son patron a mis fin à son contrat après sa période d'essai, il passe ses journées à regarder des vidéos de surf et d'attaques de requins sur YouTube.

Quand il s'est fait renvoyer, c'était la vraie vie. Plus la petite bulle de coton que j'avais imaginée.

Alors, j'ai pris les choses en main.

On a refait son CV et sa lettre de motivation, et on les a envoyés à tous les ébénistes de Paris.

J'ai appelé EDF et la Poste, décoré l'appartement avec mon poster de Vanessa Paradis, mes livres, mes carnets, mes bougies Monoprix. Lui n'a rien installé. Je lui ai laissé plein de place sur les étagères, elles sont restées vides et blanches.

Il devait passer un entretien cet après-midi à Ivry-sur-Seine. Il a peut-être trouvé une bonne place, on aura quelque chose à fêter. Il m'emmènera au restaurant italien du canal Saint-Martin. On rentrera un peu ivres, on fera grincer le lit autant qu'on voudra. Tant pis pour les voisins.

Demain matin, je mettrai le réveil un peu plus tôt que d'habitude, j'achèterai des croissants chauds qui feront des miettes dans les draps.

Mes copies, je les corrigerai plus tard.

Je rentre le ventre, mouille mes lèvres, donne un peu de volume à mes cheveux, pousse la porte.

Son gilet est posé sur la chaise de mon bureau, il sent Ariel Super Actif à l'orchidée, la lessive de sa mère.

Sur le miroir, il a écrit au feutre Velleda : « Je suis au bar avec mes potes, rejoins-nous. »

Adieu tagliatelles au saumon, lit qui grince et nuit de folie.

Je tourne le bouton du radiateur électrique au maximum, prends mon paquet de copies. Dictées et rédactions, j'en ai au moins pour deux heures.

Quand Victor arrive, il ne me reste plus que trois dictées à corriger. Mon stylo rouge fatigue.

– Alors cet entretien ? je lance sans me retourner.

Il se penche sur moi, ses larges narines soufflent une odeur de bière chaude.

– Rien. J'y suis pas allé.
Il m'embrasse, passe une main sur mes seins, je me retourne, l'œil noirci, fronce les sourcils, plisse les lèvres pour retenir mon sourire...
– Allez, fais pas la gueule, *my girl*, viens dormir...
Victor est beau.
Il m'entraîne sur le lit, jette la couette sur nos têtes. Le bourrage est usé, les plumes font des paquets dans la housse, dessinent des morceaux de ciel.
– Tu crois que j'ai fait le tour de ton corps ?
J'aime ses mots qui ricochent alors qu'il ne lit pas de livres, ses envies de voyages alors qu'il n'a pas de bateau.
– Il te manque un bout là, je dis en guidant ses doigts sur ma hanche.
– Je veux connaître chaque pays, chaque région, chaque coutume.
Il descend mon jean le long de mes jambes, passe la langue sur mon ventre, m'embrasse le nombril, m'emporte loin dans la nuit de Paris.
C'est un chef d'orgasmes, Victor.

3

La classe des 6ᵉ D est coincée entre la chapelle et le gymnase du collège. On entend des cantiques et le timbre haut perché de Joëlle Singer. «La messe, c'est facultatif, c'est que pour les catholiques», a déclaré Elias. Et les catholiques, ici, on les compte sur le moignon d'une main.

C'est le dernier jour de cours avant les vacances de Noël. Des guirlandes scintillantes sont accrochées au faux plafond de la classe. Chacun a déposé un petit cadeau dans un panier sur mon bureau. À la fin de l'heure, on les distribuera par tirage au sort.

Les élèves s'arrachent les gâteaux empilés sur des feuilles de papier aluminium, se battent pour les *fortune cookies*, les petits biscuits chinois dans lesquels sont cachés des vœux de bonheur, et le quatre-quarts couvert de Nutella.

Augustin ne bouge pas de sa place, plongé dans *L'Homme qui rit*, de Victor Hugo. Quand il ne traîne

pas dans les couloirs du collège pour surveiller sa sœur, il passe ses récréations à lire au CDI.
– Tu ne prends pas de gâteau ? je lui demande.
Il me lance un regard noir, ses joues sont rouges de colère, seule une petite cicatrice reste blanche sous son œil.
– Laissez tomber madame, il boude depuis hier, dit Rayan.
Je prends une pâtisserie au miel.
Elle a le même goût que la bouche de Victor ce matin avant son rendez-vous à Pôle-Emploi. Il m'a serrée si fort que j'ai senti mes vertèbres s'emboîter. Quand il m'a embrassée, une petite boule chaude est descendue dans mon œsophage et s'est coincée dans mes reins. J'avais envie qu'il reste, qu'il me déshabille, là, devant l'ascenseur, que ce soit furieux. J'ai terminé le café encore tiède et pris une douche pour me débarrasser de tout ce désir.
Rayan interpelle Tam :
– Passe-moi le Coca, sale sushi !
– Tu t'es vu toi, avec tes oreilles géantes ? Tu captes la 5G ? rétorque Tam.
Je me retourne vers eux.
– C'est Noël, quand même... Joie sur la Terre ! Le don, le partage, le petit Jésus... Vous pourriez faire un effort...
– Mais madame, on rigole...
– Ce n'est pas drôle du tout.
– Pardon, on le fera plus.

Jean-Roger s'approche de mon bureau. Il porte avec peine une bouteille de deux litres de Fanta citron. C'est le plus petit et le plus noir de la classe. Rayan tend son gobelet et dit :
— Hé Kirikou ! Tu me sers ?
— Rayan ! Qu'est-ce que je viens de dire ?
— C'est pas du racisme, madame, j'suis arabe !
Claire, première de la classe, m'offre une part de tarte normande.
Ses cheveux épais sont coupés au bol, elle porte un col roulé en cachemire gris rentré dans un pantalon de velours.
— J'ai appris un poème sur Noël, je peux le réciter ?
Je fais signe aux élèves de s'asseoir et de se taire.
— C'est très courageux, alors je vous préviens, si j'en vois un rire, il apprend un poème de MON choix, plein de mots compliqués.
Elias, le meilleur ami de Claire, demande, les sourcils froncés :
— Mais madame, si on le trouve joli le poème de Claire, on a le droit de sourire ?
L'intéressée ordonne :
— Et lâchez vos gâteaux, si vous mâchez, vous ne m'écoutez pas.
Ils obéissent, s'écroulent sur les tables, le lino, les chaises empilées. On n'entend plus que les gobelets craquer. Claire pose une main sur son ventre, prend une grande inspiration et récite :

C'EST OÙ, LE NORD ?

Les anges les anges dans le ciel
L'un est vêtu en officier
L'un est vêtu en cuisinier
Et les autres chantent.

Bel officier couleur du ciel
Le doux printemps longtemps après Noël...

À part Elias qui a les yeux fermés et la bouche entrouverte d'admiration, les élèves jouent avec leurs trousses, vissent et dévissent le bouchon de leur tube de colle, prennent leurs Bic pour des épées.

Claire toussote pour que l'attention lui revienne, les bruits parasites s'atténuent. Elle lisse le devant de son pull et poursuit, vite, vite pour ne pas perdre son auditoire :

Te médaillera d'un beau soleil
D'un beau soleil

Le cuisinier plume les oies
Ah ! Tombe neige
Tombe et que n'ai-je
Ma bien-aimée entre mes bras.

Elle reprend son souffle et achève :
– *Amen...* Euh ! Apollinaire !
Un coup de pied ouvre grand la porte, Claire sursaute, Elias pousse un petit cri.

Shaïma entre, une bassine de semoule dans les mains.
— Ma mère a fait un couscous de Noël !

La fin de l'heure approche. Je pioche les cadeaux et les distribue par ordre alphabétique. Les élèves déballent des porte-clés, des ballotins de chocolat, des puzzles, des mangas, des gommes en forme d'animaux, crient : « C'est moi qui l'ai offert, celui-là ! », « Il est bien, mon cadeau ? »
Il reste une petite boîte rectangulaire au fond du panier. « Pour vous, madame. »
J'arrache le papier de soie violet et découvre un santon. Un berger en plâtre, à la barbe blanche fournie, au visage tanné, enroulé dans une cape beige. Il porte dans ses bras un petit mouton blanc sans tête.
— Et celui-là, qui l'a acheté ?
Aucun élève ne répond. Savent-ils seulement ce qu'est un santon ? Ils s'interrogent du regard et retournent à leurs cadeaux.
Mattéo s'approche du bureau. Il balaie la mèche blonde qui lui cache les yeux et me tend un médaillon à l'effigie de Justin Bieber.
— Je peux échanger avec vous ?
Zoé, petite brune au nez retroussé, observe la scène. Elle frotte sa bouche contre la manche de son pull *I love Justin*.
Quand elle est arrivée première au cross du collège, Mattéo l'a embrassée derrière le podium, ils se sont

tenu la main quelques semaines à la récréation. Ça s'est fini par un petit mot de Mattéo dans la trousse de Zoé : les garçons de la classe trouvaient qu'elle avait les dents trop écartées.

J'ai envie de dire à Zoé que ça va s'arranger, que lorsqu'elle sera grande et qu'elle aura enlevé son appareil dentaire, tout sera plus facile. Mattéo se rendra compte qu'elle court plus vite et qu'elle est plus jolie que toutes les autres filles et il la suppliera pour l'accompagner aux concerts de Justin Bieber.

– Alors madame ? insiste Mattéo. On échange ?
– Non.

Je fourre le santon dans ma poche de jean. Mon poisson rouge a besoin de compagnie.

La voix de Barbara retentit dans l'enceinte du collège.

C'était vingt-deux heures à peine, ce vendredi-là
C'était veille de Noël et, pour fêter ça,
Il s'en allait chez Madeleine près du pont d' l'Alma.

Pas de carillon strident au collège Saint-François-d'Assise, le directeur est fan de Barbara et nous a expliqué à la rentrée que c'était bon pour « la connaissance du patrimoine français de nos élèves ».

4

Les vacances de Noël commencent demain. Je laisse tomber le berger et son mouton décapité au fond du bocal de Klaus.

Je l'ai adopté en août.

C'était à Bercy, chez Truffaut. Une centaine de poissons rouges se bousculaient dans un grand aquarium. Un minuscule avec une nageoire de travers tapait contre la vitre. Victor avait crié : « C'est lui ! »

— Il est grand, votre bocal ? avait demandé le conseiller en tablier vert.

— Petit et rond comme une bulle.

— Il fera pas long feu, votre poisson rouge ! Un poisson, ça a besoin d'eau, sinon sa croissance s'arrête, sa vessie natatoire se déplace, il flotte, il ne peut plus s'alimenter. C'est la mort assurée.

— Mon dernier poisson a tenu dix ans dans son bocal, avait protesté Victor.

Le conseiller avait brandi son épuisette.

– Vous connaissez l'espérance de vie d'un poisson rouge ? Quarante-trois ans !

Il nous regardait comme si on allait tondre la forêt amazonienne et tuer des baleines à la saison des amours.

– Je peux vous proposer un combattant pour le même prix, ça n'a pas besoin de beaucoup de place.

Le vendeur nous avait montré cinq bocaux carrés et étroits dans lesquels sommeillaient des poissons bleus, fins et souples, la queue en angle droit, les nageoires filandreuses : des poissons en lambeaux.

– C'est ça, des combattants ? Ils ont pas l'air très agressifs. J'en veux pas, avait tranché Victor.

Le vendeur avait tourné les talons, vexé.

On avait jeté un dernier regard désolé au poisson rouge qui nageait de travers, et on était repartis avec un aloe vera.

Le lendemain, Victor se faisait renvoyer. J'ai tout de suite pensé : il va partir, il va m'abandonner, il va quitter Paris.

Je suis retournée chez Truffaut et j'ai emporté le poisson rouge à la nageoire de travers, sans écouter le vendeur qui m'a reconnue et a braillé : « C'est un être vivant ! Vous avez un contrat moral avec lui ! »

Dans le métro, Klaus s'agitait sur mes genoux au rythme de la ritournelle triste dans ma tête. « Je veux

pas que Victor parte, je veux pas que Victor parte, je veux pas être toute seule dans l'appartement.»
J'ai tout misé sur un poisson rouge éclopé.
Pour que Victor reste à Paris avec moi.

Une odeur de poivrons grillés s'échappe de la cuisine. Victor est en caleçon, deux torchons à carreaux noués autour de la taille en guise de tablier. Il jongle avec les casseroles en sifflant une chanson des Beatles.
– Hey, mon amour...
– T'as fait un repas de Noël ? Ça sent trop bon !
Je l'enlace, son ventre est doux, chaud, musclé.
– T'as passé une bonne journée ? je demande.
Il dépose un baiser sur mon front.
– J'ai fait du rangement ! J'ai rempli mon étagère dans notre chambre, bougé un peu tes bouquins, installé mes affaires.
Il a dit mon étagère, notre chambre, mes affaires !
Je cours, son hélicoptère électrique est en charge, la petite diode rouge clignote à côté d'un livre sur Teahupoo, la plus grosse vague du monde.
Mon cœur explose.
Victor s'est enfin installé chez nous.
Je me penche au-dessus de Klaus, lui souffle un baiser. Il est mal en point, une petite tache noire a poussé sur son dos.
Victor agrippe mes hanches et me serre contre lui.

Penchés au-dessus du bocal comme sur un berceau, on cherche la cause de la maladie de notre poisson.
– C'est peut-être les Chocapic de la dernière fois. Je t'avais dit que c'était mauvais pour lui.
– Ce serait pas ton berger en plâtre, plutôt ? D'où il sort d'ailleurs, ce truc ?
– C'est un santon, je l'ai reçu au collège.
– Cadeau d'élève ?
– J'en sais rien, y'avait pas de carte.
Victor a une bouche en forme de bonbon, presque une bouche de fille, très rouge, qui sait dévorer tous les recoins de ma peau, effleurer mon ventre, vriller mes oreilles et mes orteils.
Je colle mon corps contre le sien, mes seins contre son torse, glisse la main dans son jean.
Il se dégage doucement.
– Klaus va mourir à cause de ton santon toxique. Et toi, tu penses qu'à baiser...
Il retourne dans la cuisine.

Au début, ça ne lui allait pas si mal, le chômage. Il se réveillait en même temps que moi, on faisait l'amour les yeux encore gonflés de sommeil, à moitié endormis. On prenait notre douche ensemble et il chantait «Ella elle l'a». Il me préparait un yaourt au muesli, une tasse de café au lait, un jus d'orange pressée.
Au bout de deux semaines, il a commencé à voir la

vie en noir après la douche. Nu au milieu du salon, il s'ébouriffait les cheveux, posait les deux poings sur ses hanches et se parlait à voix haute : « Bon, qu'est-ce que je vais faire aujourd'hui ? »

Maintenant il ne se lève plus en même temps que moi, il reste allongé sur le lit. Quand il ne dort pas il garde les yeux fixés sur le plafond ou sur son fil d'actualité Facebook, il attend que je parte pour commencer sa journée.

Je prends le cendrier, verse un peu de paillettes grises dans l'eau du poisson, range mes copies, trois t-shirts et le sweat GAP que je veux offrir à ma petite sœur pour Noël dans mon sac de voyage.

Demain matin, on retourne dans le Nord pour les vacances.

Victor apporte un plat fumant.

– Dos de cabillaud et écrasé de pommes de terre au paprika. Merci qui ?

Je tends mon assiette.

– Merci Picard.

Ce soir Victor est allé faire les courses, il a préparé le dîner, rempli une étagère, passé l'aspirateur, mais il ne veut pas de moi dans ses bras.

5

Des guirlandes aux ampoules cassées ornent les lampadaires de la digue de Dunkerque. La nuit tombe sur la marée basse, les mouettes glanent les restes de gaufres abandonnés.

Un petit garçon avance, seul contre le vent qui dessine de grandes plumes sur le sable gris et fin. Il brandit un hareng mort. « Qui veut un cadavre de poisson ? C'est gratuit ! »

Victor est à la Pointe-aux-Oies, il s'entraîne pour le championnat de France de kitesurf avec ses copains. Je le retrouve ce soir, on dîne chez ses parents.

Mais d'abord, j'ai rendez-vous chez Mamie Colette.

J'achète un Millionnaire au tabac du coin et cours jusqu'à chez elle. Elle vit dans une grande maison de plain-pied sur le port.

Je l'aperçois à travers ses rideaux en dentelle de Calais.

Assise dans son fauteuil réglable, les jambes sur un petit tabouret, elle est absorbée par une rediffusion de

L'amour est dans le pré. Ses cheveux mousseux, d'un blanc presque violet, encadrent des lunettes d'écaille.

Je tape contre le carreau. Elle prend un stylo, se penche sur une grille de mots croisés.

– Alors mamie ? T'as trouvé le prince charmant ?

Sur l'écran, un homme au visage rougeaud retourne la paille sous ses vaches. Mamie éteint la télévision.

– Ma chérie ! Je suis tombée là-dessus par hasard.

Mamie tombe aussi « par hasard » sur *Les Feux de l'amour*, Nagui et les pages des seniors de Meetic.

Je lui tends le Millionnaire.

Elle sort une pièce, gratte les cases une par une, récite le chapelet de ce qu'elle fera avec l'argent remporté.

– Je me paye un voyage au Cambodge pour visiter les temples d'Angkor, une nouvelle voiture, une friteuse électrique, je donne un peu d'argent à tous mes petits-enfants...

Elle pousse le ticket sous mes yeux.

– J'ai gagné combien ?

– Rien du tout, ma petite mamie.

– Ce sera pour la prochaine fois.

Elle prend ma main, l'enferme dans ses doigts à la peau parcheminée.

– Ça va, ma chérie ?

– Oui, je crois.

– Comment ça, tu crois ?

Avec mamie les choses doivent toujours aller ou ne

pas aller. On croit en Dieu ou pas, on a faim ou soif, on aime ou on déteste.
Et quand ça ne va pas, ça ira.
Je ne vois pas pourquoi je lui mentirais. C'est une mamie bulldozer.
– Victor a perdu son boulot, depuis il est mou, il s'ennuie, il a plus d'horizon, il brille plus comme avant et j'ai peur qu'il quitte Paris.
Elle se redresse sur son gros fauteuil et masse ma main dans la sienne. L'arthrose et les caresses ont abîmé ses phalanges.
– T'inquiète pas, ma chérie, je vais demander à papi, tout va s'arranger, tu verras, il va trouver du travail à ton amoureux, ça va le redorer.
Papi est mort il y a six ans en disant : « Je vois le ciel ouvert. » Il est parti direct là-haut avec pour mission de veiller sur nous. Mamie continue à lui parler comme s'il était dans la pièce d'à côté. Il l'aide à retrouver ses clés, réparer l'antenne de télé et régler les chagrins d'amour de ses petits-enfants. Ma confiance en la foi de ma grand-mère repose sur les accents flamands de ses promesses. Ses prières ont déjà sorti ma cousine Mathilde d'une méningite. À la Toussaint elle était donnée pour morte. Et la voilà, quelques jours avant Noël, championne Nord-Pas-de-Calais du cent mètres haies. Si papi et mamie s'y collent, Victor trouvera un boulot à Paris.

C'EST OÙ, LE NORD ?

Sur le mur paradent les photos de mariage de ses huit enfants. Celle de papa et maman est au centre.

Au premier plan, maman passe la tête par la fenêtre de la voiture. Ses lourdes boucles rousses tombent sur le col de son tailleur blanc. Elle a seize ans et elle est enceinte de moi. Elle sourit, les lèvres fermées. Toute sa joie est contenue dans ses pommettes hautes et roses. Papa l'enlace, l'œil lumineux, amoureux.

Ils sont si beaux, ils se disent que ça va durer toute la vie, qu'ils vont vieillir dans leur belle maison avec leurs enfants et leur nouvelle machine à laver.

— Vous êtes chez qui cette année pour Noël ? demande mamie.

— Chez papa, maman est à l'Alpe-d'Huez avec son nouveau mec.

Je m'assieds sur le pouf en cuir rouge du chien Rikki. J'en profite depuis qu'il est enterré au fond du jardin, sous le saule pleureur.

— T'as fini tes cadeaux ?

Mamie confirme d'un hochement de tête. La petite croix dorée qu'elle porte en pendentif se décolle des plis de son cou.

Les cadeaux de Noël, c'est la grande histoire de sa vie. Avec ses vingt-deux petits-enfants, elle court les supermarchés à la mi-mai.

— Et à part ça ? Quoi de neuf ?

— Que du vieux, ma chérie, j'ai réservé ma chambre

à la maison de retraite et M. Vandamme est mort ce matin.

Mamie détaille chaque matin la rubrique nécrologique du *Journal des Flandres*. Elle s'occupe des célébrations des enterrements de la ville et aide les familles à choisir leurs textes d'adieu, visite les Alzheimer, prend soin de tous « ses petits vieux » qui sont plus jeunes qu'elle.

L'étoile qui décore la crèche clignote, se reflète sur la vitre qui sépare la cuisine du salon.

– Au collège, j'ai reçu un santon en cadeau, un berger.

– C'est très bien, la crèche c'est important, moi quand j'étais petite, je croyais à toutes les histoires de la pastorale.

Je ne vais pas lui raconter celle du mouton décapité, je l'imagine mal au milieu de ses figurines rutilantes.

On frappe au carreau.

– C'est ta sœur ! elle annonce dans un grand sourire.

J'ouvre à Julie. Ses boucles blond vénitien sont retenues par une grosse pince. Ses bras flottent dans une large veste en jean, elle les écarte et me serre fort, comme chaque fois qu'on se retrouve. Je suis sa grande sœur, mais elle me dépasse d'une tête.

Elle embrasse mamie, s'installe bien droite sur une chaise.

Julie passe le bac cette année et danse tous les soirs au

club de jazz du lycée. Elle marche sur un fil invisible, se tient droite, son corps s'élance vers le plafond.

Moi, à son âge, j'étais abonnée au banc de touche de l'équipe de volley-ball de Bergues. Je m'époumonais : « À Bergues, on a pas de pétrole HOUHA, mais on a une équipe de volley-ball HOUHA. »

Julie ouvre une canette de Coca :

– Je veux me faire baptiser.

Maman dit que ma sœur est « mystique ». L'année dernière, après sa première visite chez le gynécologue, Julie s'était fait tatouer une prière pour la procréation en sanscrit. Elle avait décidé de devenir bouddhiste et faisait la salutation au soleil tous les matins. À Pâques elle a changé de religion à la suite d'un voyage à Barcelone, organisé par le lycée. C'était en pleine semaine sainte. Devant les pénitents, les tambours sinistres, les chars et la Vierge dorée couverte de fleurs et de lumières, elle est devenue catholique.

– Baptiser ? demande mamie.

– Oui. Je veux que Dieu m'aime, le curé du lycée dit que seul le baptême me fera entrer dans la grande famille des chrétiens. Sinon, je reste à la porte de l'Église.

– Et tu crois qu'il s'arrête à ça, Dieu ? Un certificat ? Il a rien compris, ton curé.

– Peut-être, mais c'est lui qui décide.

– Ce qui compte, c'est ce que tu as dans le cœur, l'amour que tu donnes aux autres. Pas un bout de papier.

— Il dit que je dois faire deux ans de caté.
— Tu crois qu'il a fait deux ans de caté, Jésus ? Et Jean-Baptiste ? Un aller-retour express dans les eaux du Jourdain et on en parlait plus...
La pendule en chêne sonne l'heure du dîner.
Je suis attendue chez les parents de Victor.

6

Le père de Victor me sert un verre de nuits-saint-georges et froisse le bout de sa moustache droite entre ses doigts. Il porte une chemisette à carreaux et des chaussettes de sport dans des sandales en caoutchouc. La mère de Victor apparaît, une charlotte blanche tremble sur le plateau d'argent qu'elle tient à bout de bras.
— Prêts pour l'entrée ?
C'est la spécialité de Mélanie. Une «Jelly Macédoine».
Je retiens un hoquet de dégoût et tends mon assiette. Je voudrais être sur la balançoire du jardin et m'envoler très haut, loin de cette cuisine.
Victor, assis en face de moi, sirote une bière et sourit à sa mère. Mélanie est née à Grande-Synthe, d'un père docker et d'une mère maraîchère. Mais, depuis qu'elle a passé un week-end à Londres avec le comité d'entreprise de son mari, elle est anglaise. Selon elle, les Français sont des êtres mal élevés et prétentieux, font de la

musique de barbares et sont incapables de la moindre délicatesse. Elle parle avec un accent qu'elle croit britannique, signe «Melany» et ne manque jamais une occasion de lancer un *How do you do?* qu'elle prononce en un seul mot, aussi prémâché que sa Jelly Macédoine.

– Alors, Ella, quand est-ce que tu nous fais un petit ? dit le père de Victor.

Un petit pois se coince dans ma gorge.

Il me donne une grande tape dans le dos et rugit :

– Ce sera un beau gamin en tout cas !

– On est encore jeunes, tente Victor, la bouche pleine de mousse blanche.

Mélanie dresse sa cuillère :

– Je suis tombée enceinte à vingt-trois ans, t'as pas été malheureux.

Je plante ma fourchette dans ma macédoine grumeleuse et en extrais une petite carotte molle.

Deux bouteilles de vin rouge et une dinde fourrée plus tard, Mélanie sort un sachet noir Sephora de sous la table et me le tend.

– *Merry Christmas!*

Je coupe le ruban jaune qui ferme le paquet et découvre un petit buste entouré de dentelle. Le parfum Jean-Paul Gaultier femme.

– Ça ira bien avec celui de Victor sur l'étagère de votre salle de bains.

– Dans votre nouvel appartement à Dunkerque, renchérit le père.

Mon dos se colle au dossier de la chaise, ma main prend le parfum, ma bouche dit merci, mon poignet se laisse vaporiser. Je regarde Victor, ses yeux brillants d'alcool et d'amour, ses cheveux salés, le col de sa chemise repassé par sa mère, son sourire mou, sa certitude de me posséder pour la vie. Il acquiesce, lobotomisé, séduit par l'avenir que lui indiquent ses parents. Je voudrais le secouer, lui dévorer les lèvres avec mes dents, lui rappeler comment c'était quand on brûlait, qu'on courait sur les trottoirs de Paris, qu'on roulait sur la chauffeuse de sa chambre d'étudiant, qu'il me faisait peur en disant qu'il partirait voyager seul, sans moi. Je veux qu'il se souvienne de notre liste de rêves. Aucune étagère de salle de bains n'y est mentionnée.
– Tu sentiras bon, mon amour, il bredouille.
Tu sentiras bon. Mon amour.
Mes jambes sont engourdies, je ne fais plus qu'un avec le bois de la chaise. Par la fenêtre de la cuisine, la balançoire tournoie dans le vent.
Quand j'étais petite, après le divorce de papa et maman, je préférais les maisons des autres. Je voulais partager des petits-déjeuners, me taire quand ça râlait pour une machine à café qui fumait trop ou un plaid mal plié. J'aurais fugué pour vivre dans une famille comme celle de Victor. J'imaginais une autre vie, des parents qui font des gratins dauphinois à deux, un qui coupe les pommes de terre, l'autre qui préchauffe le four. Accrochées aux murs, des photos d'enfants qui soufflent des

bougies ou des parents souriants en vacances. Des photos qui ressemblent aux dessins qu'on fait à l'école.
Mélanie continue le ballet des plats, elle porte cette fois une grande théière et quatre sachets de Earl Grey.
– J'irais bien au longe côte demain matin, elle hasarde en déposant une soucoupe verte devant moi, c'est marée basse et grand soleil, on verra peut-être l'Angleterre.
Le longe côte, c'est la nouvelle activité des quinquagénaires de Dunkerque. En file indienne, ils avancent, de l'eau jusqu'à la taille, une rame à la main. On raconte qu'une fois au large, quand ils sont sûrs que personne ne peut les entendre, ils gueulent des chansons paillardes.
– Vous devriez, il semblerait que c'est très bon pour la circulation du sang, je dis.
Son père fait claquer son verre de vin sur la table.
– Le dimanche, ma petite femme prépare le gigot à la menthe.
Mélanie baisse la tête, pose une tasse fumante sur chaque soucoupe. Je lève les yeux vers Victor, fronce les sourcils, plisse le nez, le somme en silence de réagir.
Il ne bronche pas.
– C'est dommage, je dis, il paraît qu'on peut caresser les phoques. Ma tante y va tous les dimanches, pour perdre ses kilos de ménopause, ça la détend de sa semaine de boulot.
Il pose un œil moqueur sur son épouse.
– Mais toi, t'es toute maigre et tu travailles pas, alors pas besoin.

Mélanie tend le sucrier à son fils, un petit triangle de frustration se forme entre ses yeux, ses hauts talons se démènent sous sa jupe longue et légère.
Victor ne dit pas merci. Il ne bouge pas. Il trouve tout ça parfaitement normal.
– Ah, les gonzesses ! soupire son père.
J'attends que Victor réponde, j'appuie du bout de ma ballerine sur son mollet. Il passe la main sur son visage, une boucle blonde et mouillée pend en virgule sur son front.
Il trempe un sucre dans son thé.
Des petits grains marron s'écrasent sur ses doigts. Je ne veux pas qu'il me touche avec ces doigts-là, des doigts de gros bébé gourmand.

Après le dîner, il me raccompagne chez papa.
Je connais la route par cœur. En voiture avec la nausée des jours de fête, après le sempiternel déjeuner chez ses parents. Toujours le même vieil album de Rap et R'n'B qu'il traîne dans son lecteur CD depuis la terminale, la chanson de Booba qu'on chante en chœur.

Que des numéros dix dans ma team.

Ce soir, il la fredonne tout seul.

– T'as dit à tes parents que tu étais d'accord pour qu'on vive à Dunkerque ? je demande.
– Je veux plus vivre à Paris.
– Tu te fous de moi ? C'est toi qui as débarqué à une heure du matin dans ma chambre de bonne en proposant qu'on s'installe ensemble. Tu te souviens ?

Les yeux rivés sur les bandes blanches lumineuses sous les phares, il murmure :

J'rêve peu, j'préfère agir, mais j'ai un temps de vie minimal...

Il se prend pour un vrai caïd, un mec de la rue.

La voiture sursaute, les pneus crissent, la ceinture me serre la poitrine, Victor n'a pas vu le terre-plein, le rond-point contourné mille fois.

Il se range brusquement sur le bas-côté, tend les bras sur le volant, son regard flotte dans les champs qui nous entourent.

– Papa m'a trouvé un bon poste dans l'entreprise d'un de ses copains. Je commence lundi.

J'entends tout de très loin. L'embrayage toussote, la voiture redémarre en douceur, le CD continue à déverser son flot de mots stupides et hachés :

Si j'atteins l'argent ou l' bronze, c'est que l'or m'aura échappé.

– Et je fais comment pour l'appart' ?
Il garde les yeux sur la ligne blanche de la route.
– Je veux bien t'aider à payer le loyer de ce mois-ci, mais après il faudra que tu trouves une solution.
On arrive devant la maison de mon père.
Je ne veux pas que Victor se gare, qu'il monte dans ma chambre, qu'il me caresse.
Il pose la main sur ma cuisse, saisit ma nuque pour m'embrasser, passe les doigts dans mes cheveux.
Je suis sur le point d'oublier son regard de carpe pendant le dîner et l'annonce qu'il vient de faire quand l'odeur du parfum Jean-Paul Gaultier me monte au nez.
J'ouvre la portière, sors de la voiture et invente mon tout premier mensonge à Victor :
– Faut que j'aille me coucher, je vais au marché avec papa demain matin.
– Il peut pas y aller tout seul ?
– J'ai envie de passer du temps avec lui.
– Qu'est-ce qu'il a de plus que moi ? il plaisante avant de démarrer et de disparaître au coin de la rue.
– Des couilles, je murmure au vent.

Mon père est un géant qui tient tête aux rhumes, aux problèmes d'orientation de ses deux filles et aux morts des ancêtres, mais pleure en écoutant le *Requiem* de Mozart et *Stairway to Heaven*. C'est un homme indestructible qui finit toujours une conversation au télé-

phone par : «T'es une bonne fille», ne raccroche pas avant d'avoir entendu : «T'es un bon père.» Il a même réussi son divorce et n'a jamais laissé tomber ma mère.
Il vit dans un grand appartement sur la digue de Malo-les-Bains.
La lumière est allumée dans la chambre de Julie. Allongée sur un futon posé à même le sol, elle lit *Les Métamorphoses* d'Ovide. La lueur d'une longue bougie rouge sur laquelle est collée une image de saint Michel terrassant le dragon éclaire sa bouche entrouverte, concentrée.
– C'est au programme du bac, Ovide ?
– Non, je lis «Narcisse et Écho» pour m'endormir.
Je m'assieds au bout de son lit. La capuche de son sweat lui assombrit le visage. Elle pose son livre ouvert sur la table de nuit.
– Narcisse s'aime tellement qu'il rejette Écho, elle se cache dans la forêt et se transforme en pierre, mine de rien. C'est le plus lent des chagrins d'amour.
Je m'allonge.
– T'es amoureuse, toi ? je demande.
– Non, mais les mecs oui, ils peuvent pas se contenter de juste m'aimer un peu, ils se sentent obligés de tomber amoureux.
– Tu les transformes tous en pierre ?
Elle soupire, solennelle, lisse l'édredon du plat de la main et entre jusqu'au cou dans son sarcophage de tissu.

– Il est pas là, Victor ?
– Non.
Julie me donne un petit coup de pied.
– T'avais pas envie de dormir avec lui ?
Je ne réponds pas.
– Tu l'aimes plus ?
– Je sais pas trop.
– Et moi, tu m'aimes ?
– Toi, je t'aime tellement que je voudrais être Mary Poppins pour te ranger dans ma valise et t'emmener à Paris.
– Tu es heureuse à Paris ?
– Je crois que oui. C'est là que j'ai envie d'être, en tout cas. Paris ça bouge. Quand je rentre du collège, j'ai une deuxième journée qui commence, je vois un film, je visite une expo, je vais à un concert.
– Ou aux Galeries Lafayette ? Voir les vitrines illuminées ?
– Voilà. Un jour tu viendras.
– Tu veux dormir avec moi, cette nuit ?
Dormir avec ma petite sœur, c'est exactement ce qu'il me faut. Elle se blottit contre moi. Bientôt, je rentre à Paris sans Victor.
Je ne veux plus y penser, je ne veux pas que ça existe.

7

Les guirlandes sont dans les cartons, les serpentins et les cotillons dans la poubelle, le sapin est plié, les gâteaux au chocolat, à la crème, à la pomme ne sont plus que des miettes perdues dans la moquette du salon. Noël, c'est terminé.
Dans le train pour Paris, je corrige mes dernières copies. Je me penche sur celle de Basile : «Mont Saint-Michèle, une histoire d'amour et de vase».
J'ai bien fait d'insister pour qu'il ne soit pas le ravi de la crèche, il a joué un Roi mage.
J'ai hâte de retrouver le collège, de me lever tôt, de me perdre dans le métro, le grand escalier de Saint-Lazare, les kilomètres de couloirs de Châtelet, la ligne 2, brinquebalante et bondée. Je ne veux pas penser à Victor et son bleu de travail, son nouvel atelier à Dunkerque.
Je ne sais pas comment je vais payer le loyer, ni si je vais pouvoir rester à Belleville.
Victor m'a abandonnée.
Je suis une petite planète sans gravité.

La salle des professeurs du collège Saint-François-d'Assise est une grande pièce aux murs en crépi qui sent la photocopie chaude et le café instantané.

Annick Caroulle pose ses sacs Auchan sur un clavier d'ordinateur.

– Tiens blondinette ! Tu fais encore semblant de travailler ?

– Comme d'habitude. Ça va, aujourd'hui ?

– Ma petite Lulu m'a torturée toute la nuit, j'ai rien mangé depuis Noël, je pense que je vais bientôt mourir. Mais ça va. Et toi ? T'as l'air crevée.

– Non, juste un peu le blues de la rentrée.

– Je sais ce qui peut te remonter le moral !

Annick allume l'ordinateur, lance une vidéo YouTube. Freddie Mercury passe l'aspirateur en jupe et moustache.

– Ma pédale à moi. Je l'adore !

Elle se lève et bouge les épaules, en avance une puis l'autre, pousse les lèvres en bouche de canard, plisse les yeux, jette la tête en arrière.

– Allez blondinette ! Danse ! Y'a personne !

Je me contente de hocher la tête, mi-terrifiée, mi-joyeuse.

« I Want to Break Free » résonne dans la salle, Annick secoue ses larges hanches, saisit un micro imaginaire d'une main, l'aspirateur invisible de l'autre.

C'EST OÙ, LE NORD ?

God knows, God knows I want to break free.

Je n'ai pas appris la salle des profs à la fac. On m'a expliqué la méthodologie de la dissertation, la génétique des textes, *Figures II*, *Figures III*, la vraisemblance, comment monter une séquence.

Il manquait un cours essentiel : savoir danser comme Freddie Mercury.

Vincent Tartanguer remplit les appréciations du premier trimestre.

– Tu as fait quoi, pour Noël ? je demande.

– J'étais avec ma mère, à Saint-Maximin, en Provence.

Sans me renvoyer la question, il replonge dans ses classeurs.

J'ouvre mon casier. Sur un dossier en carton jaune est posé un santon, un agneau blanc poli délicatement, presque transparent. Une petite tache rouge blesse son flanc, c'est un point de marqueur.

Aucun mot ne l'accompagne.

Je le montre à Vincent et lui demande si lui aussi en a trouvé un dans son casier.

Il me regarde par-dessus ses lunettes rectangulaires :

– C'est le premier que tu reçois ?

– Le deuxième.

Il se gratte le menton.

– Que représente l'autre ?

– Un berger qui porte un mouton décapité dans les bras.

Il fixe l'agneau avec méfiance, il est jaloux, c'est sûr. Il n'a pas digéré les cornes de gazelle que la maman de Rayan m'a offertes lors de la première réunion parents-profs.

Je fourre la figurine de la crèche dans la poche de mon duffle-coat. C'est étrange, d'habitude, les élèves signent leurs offrandes.

– Dépêche-toi, ça a sonné, il ajoute en faisant rebondir son Bic sur la table.

Il est vraiment contrarié.

Mon paquet de copies corrigées sous le bras, je traverse la cour du collège. Des roulettes vrombissent derrière moi, c'est le cartable d'Elias.

Il fonce vers moi en poussant un cri long et aigu.

– Madame, devinez ce qu'elle m'a offert ma mère pour Noël.

Ses yeux noisette et son sourire de publicitaire m'accrochent, il ne me laisse pas le temps de deviner :

– Un Thermomix ! On a fait plein de bœuf-carottes et de veloutés de courgette !

Il me tourne le dos et court retrouver Claire, plongée dans *Les Émotions des animaux.*

C'est peut-être leur côté ringard qui les rapproche, les bretelles d'Elias et la coupe au bol de Claire, en tout cas ces deux-là, je voudrais leur coller des œillères et des casques sur les oreilles jusqu'à ce qu'ils sortent du collège, l'usine à lisser les caractères.

Un grondement sourd s'élève dans un coin de la cour,

le début d'une bagarre sous le platane. Julien s'avance dans le cercle, d'un pas aussi chaloupé qu'un air de bossa-nova.

Devant la porte de la classe, les élèves exhibent leurs montres Swatch en plastique et les Air Jordan qu'ils ont eues pour Noël. Sauf Elias qui arbore fièrement une paire toute neuve de mocassins en nubuck.

Je les fais entrer un par un, écris au tableau le titre de la séance du jour *Les escargots à l'enterrement d'une feuille morte*, distribue le poème de Prévert.

Rayan lève la main pour le résumer.

– C'est deux escargots qui vont à l'enterrement d'une feuille mais comme ils sont trop lents le printemps est déjà là. La feuille vit toujours. C'est la joie.

– Très bien. En lisant le titre vous vous attendiez à un poème plutôt gai ou plutôt triste ?

Basile balance d'avant en arrière sur sa chaise, sa bouche se tord, il se frotte l'œil avec le poing, vite, fort. Au début de l'année les élèves ricanaient quand il montrait ses tics nerveux. Depuis qu'il a récité *Le Corbeau et le Renard* en prenant des voix différentes pour les personnages et en respectant les alexandrins, aucun élève ne bronche plus, ils veulent tous l'avoir comme copain.

Je pose la main sur son épaule.

– Basile, concentre-toi sur le tableau.

– J'ai l'œil qui tourne au vinaigre.

Elias lève la main.

– C'est un poème très triste, ça parle de deuil.

– C'est quoi le deuil ? je demande.
– C'est une espèce de chapeau, dit Basile.
– Ouais, on l'enlève quand on est trop triste, ajoute Kelly en resserrant l'élastique d'une de ses tresses afro.

Martin lève la main, se dresse sur sa chaise, s'étale sur la table pour que je le voie :
– Et on le remet quand on a de la force, comme Frodon et l'anneau du Mordor.

Lunettes rondes, joues coloriées au pastel rouge, t-shirts bien repassés, Martin est le délégué de classe. Après son élection, devant les larmes d'Elias et de Kelly, il a crié : « Câlin général ! » Tous les élèves se sont rués sur lui en un gros tas de petites têtes, empilés les uns sur les autres tel un jeu de construction. Une heure plus tard, il arrivait en pleurant dans le bureau de Julien. Les 3e avaient cassé ses lunettes à coups de marrons. Pas de quartier pour les gentils dans la cour de récréation.

J'explique à mes élèves la vraie signification du deuil même si j'aurais préféré que ce soit un chapeau qu'on puisse enlever et remettre à volonté, qui contiendrait nos sentiments les plus complexes. Ceux qui échappent aux pensées. La mort ou le désir, par exemple. J'ai essayé plein de fois de regarder ces deux-là en face. Ils s'échappent quand je crois les avoir cernés.

Avec un peu de chance le deuil, c'est pas souvent.

Mais le désir, c'est tous les jours, le yo-yo dans mon estomac.

8

Samedi midi. Je me réveille seule dans mon appartement.
Enfin... presque seule. Klaus, le poisson rouge, gobe l'air dans son bocal rond. Il résiste à toutes mes tentatives de meurtre. Il a attrapé une légère couleur grise à cause des cendres que je disperse le soir dans son bocal.
Je mâchonne un morceau de pain de seigle, amer au fond de ma gorge, pâteux, il se mélange à mon chagrin, un pudding ramolli par les larmes qui se coince entre les dents.
Je chausse mes rollers.
Les roulements grincent un peu mais ils filent encore vite sur le goudron.
C'est mon remède. Comme Vanessa Paradis qui chante :
Allez prends ton élan, jamais ne redescends.
Je l'écoute quand j'ai peur, quand tout a l'air de s'écrouler. Victor est peut-être parti mais Vanessa ne m'abandonnera jamais.

C'EST OÙ, LE NORD ?

Je glisse sur le terre-plein central du boulevard de la Villette, évite les pelures de bananes, les caisses d'oranges éventrées et les pieds du mendiant du coin de la rue enseveli sous des couvertures. Celui dont on ne voit que la tête. Aujourd'hui sur son bonnet, je lis : «Black Caviar».

Toutes les couleurs du quartier s'accrochent à moi. Le refrain de Belleville change : «Maïschaudmaïschaudmaïschaud», «Arachidarachidarachide». Une prostituée porte des bottes fourrées noires sur lesquelles est inscrit en lettres capitales blanches : «PIPE». Je dévale la rue du Faubourg-du-Temple où s'alignent les boutiques de fringues chinoises : pulls qui boulochent, jeans en nylon, escarpins en plastique. Je remonte jusqu'au cimetière du Père-Lachaise, me déchausse et enfouis mes rollers au fond de mon sac à dos.

J'aime le cimetière en hiver. La beauté nue et grise des tombes, les arbres sans feuilles, les pavés sans couleur.

Je m'arrête devant la tombe d'Alfred de Musset et l'épitaphe le plus envoûtant de l'histoire des morts.

Mes chers amis, quand je mourrai,
Plantez un saule au cimetière.
J'aime son feuillage éploré ;
La pâleur m'en est douce et chère,
Et son ombre sera légère
À la terre où je dormirai.

C'EST OÙ, LE NORD ?

Le guide explique d'une voix de Shéhérazade à un groupe de touristes :
– Le saule ne peut pas grandir ici, il détruirait le cimetière, alors à l'âge où il devient adulte on le déracine et on en plante un nouveau, tout maigre.
Où partent les saules trop grands pour rester avec Musset ?
J'en volerais bien un, je le replanterais dans mon jardin, je m'allongerais dessous, j'écouterais le bruissement des feuilles, les mots de Musset, je n'aurais plus jamais peur d'être seule ou de mourir.

Ce soir, j'ai rendez-vous chez Lou, elle habite aussi à Belleville. Je l'ai rencontrée pendant ma première année de fac. Elle était devant moi à la cafétéria. Sa carte d'étudiant ne passait pas, je lui ai donné trois euros pour sa salade de concombres. Avant la fin du déjeuner, on était amies.
Elle veut devenir comédienne, passe des petits castings pour des pubs et suit des cours d'histoire du cinéma à l'université. Ses parents lui paient l'appart, le téléphone, les fringues.
Elle m'ouvre la porte de son studio, ses paupières sont couvertes d'une épaisse couche de fard bleu.
Des boîtes de muesli et de biscuits bio jonchent le sol. Son chat est mort il y a trois mois mais la litière

traîne encore dans sa minuscule salle de bains. Elle ne sera jamais ma coloc'.

Je pousse une pile de *Voici* et m'assieds sur son canapé. Elle s'écroule dans un rocking-chair qui prend les trois quarts de l'espace et me tend une bière.

– T'as une sale tête, elle dit. Tu dors mal ou quoi ?

– Je dors seule.

– Ça va pas aller en s'arrangeant, tu ferais mieux de remplir ton lit.

– J'ai un mec, je te rappelle.

– On ne laisse pas sa meuf avec un appart sur les bras. Ton mec, c'est du tofu. Quand tu le presses y'a pas de jus.

– C'est pas de sa faute s'il s'est fait virer...

– Les gens qui perdent leur boulot, c'est tous les jours. Ils retournent pas pour autant pleurer chez leurs parents.

Elle pointe mon caleçon en Lycra, mes chaussettes de roller, mon t-shirt délavé.

– Tu vas sortir comme ça ?

– On va où ?

Elle me lance une minijupe noire et un top à paillettes, se barbouille les lèvres de rouge à lèvres gras.

– C'est samedi soir. Tu glanderas en jogging quand tu seras vieille.

La Java est un club en sous-sol, bas de plafond, humide. Deux hommes avec des masques de singes poilus s'agitent derrière platines et synthétiseurs. Au fond de la scène leur nom brille en lettres de feu : LES WOOKIES.

Je m'installe au bar, Lou se fraie un passage vers la scène, ses longs cheveux noirs balaient ses épaules. Je commande une bière.

À ma droite, un garçon caché sous un bonnet griffonne sur un morceau de papier.

– Tu dessines quoi ?

Il lève les yeux et me sourit, calme.

– Bof... les gens. Rien.

– T'es tout seul ?

– Je suis venu avec un Russe magnifique. Un grand blond, mais je l'ai perdu de vue.

Il marque une pause, suspend son crayon, prend une gorgée de Red Bull.

– Et toi, t'es toute seule ?

– Mon mec est retourné vivre chez ses parents.

– T'as besoin de danser alors. Allez viens, promis, je te draguerai pas !

Je le suis dans la foule. Les Wookies jouent un air endiablé. Une voix répète en boucle «*Disco Techno*». Le public hurle. On croirait que Mick Jagger vient de bondir sur la scène. Des couples se forment, se caressent, dansent collés. Une odeur de sueur et de bière monte de la fosse.

– T'aimes cette musique ? il crie.
Je fais signe que non, pas vraiment.
Il sort un casque audio de son sac et le colle sur mes oreilles.
C'est une chanson de Bob Marley.
Je me laisse porter par les basses. Il me prend les mains, me fait tourner autour de lui, mes bras font deux vagues. Je ferme les yeux.

Don't worry about a thing cause every little thing gonna be alright.

J'oublie Victor, Klaus et les santons, l'appartement vide.
Les yeux noirs et le sourire de mon nouvel ami clignotent sous le stroboscope. J'aperçois le dos de Lou qui se déhanche contre un grand type agité par des secousses. Mon sauveur lâche ma main, enfonce le lecteur MP3 dans ma poche et disparaît.
Je danse, lente, au milieu des fous indifférents.

Devant moi une femme s'appuie sur un pied, sur l'autre, boudinée dans un t-shirt noir. Empotée, elle essaie de suivre le rythme et se tient au bras d'un homme en blouson de cuir. Elle porte une fine gourmette de baptême ornée du portrait de la Vierge. J'ai déjà vu ce bracelet quelque part.

Elle se retourne face à moi.
Impossible.
Joëlle Singer, du collège Saint-François-d'Assise. Joëlle Singer, responsable de la pastorale. Joëlle Singer alias Marie de la crèche vivante. Joëlle Singer, latin lu, écrit, chanté, qui vient de fêter ses cinquante ans.
Elle pose la tête sur l'épaule de l'homme qui l'accompagne, lui embrasse la joue. Je n'y crois pas.
Ses rares cheveux, d'habitude rabattus sur un côté du crâne, sont hérissés en maigres pics, il porte un collier à clous.
Vincent Tartanguer.
Qu'est-ce qu'ils fichent ici ? Je recule doucement avant qu'ils me voient et me fonds dans la foule. Je récupère mon sac au vestiaire et en sors mon téléphone. Ma messagerie est pleine. Victor a essayé de me joindre toute la nuit. Tant pis pour lui. Il n'avait qu'à être avec moi. Il aurait pu venir, c'est le week-end. Il me manque, il le sait. S'il était là, il me plaquerait contre un mur et retrousserait ma jupe. D'ailleurs, s'il était à Paris, je ne serais pas avec cette bande de singes en rut. J'éteins mon téléphone, enfile mon manteau.
Le garçon au bonnet apparaît devant moi.
– Tu pars et t'emportes ma musique ?
– Je te cherchais ! Je me casse.
– Je suis en scooter, je te dépose…
On file dans la ville noire, c'est le petit matin et les marchands du boulevard installent leurs stands dans

C'EST OÙ, LE NORD ?

le froid, le poissonnier déballe la glace pilée à l'aide de gros gants fourrés.

Devant mon immeuble, mon chauffeur range mon casque dans le coffre, me tend un papier sur lequel il a écrit son numéro.

– Tu sais, ton mec... t'es pas responsable de son bonheur.

Je soulève sa visière et me penche sur lui. Il prend mon visage entre ses mains et pose ses lèvres sur les miennes. C'est doux, facile, nos langues ne se touchent pas, juste ma bouche sèche contre la sienne. J'ai le ventre en compote, envie de dormir contre un garçon.

Un clapotis me réveille. Klaus frappe l'eau du bout de son unique nageoire.

Un garçon respire fort dans mon lit, un garçon dont je ne connais pas le nom. Je sursaute, me redresse sur mon matelas, plaque les mains sur mes jambes. Ouf ! Ma jupe est encore là, mes collants aussi.

Je croise le regard inquisiteur de Klaus qui s'est réfugié auprès du berger santon. J'approche du bocal, souffle sur la surface de l'eau, chuchote :

– Arrête de me regarder comme ça. IL M'A PAS TOU-CHÉE. On a rien fait. On a dormi, c'est tout !

Le garçon se relève sur les coudes, ses bras sont musclés. Son torse plat comme un galet.

– Bonjour, il dit dans un sourire brillant, moi c'est Théo !

Un peu d'eye-liner bleu a coulé sous ses yeux.

Tu vois Klaus ! Un mec qui se maquille, c'est pas dangereux !

Il brandit mon agenda de prof qui traînait par terre.

– C'est quoi ton prénom, madame Beaulieu ?

– Ella !

– Je t'aime bien, Ella !

9

Comme tous les lundis matin, les professeurs ont la mine grise. À la question : « Ça va ? », ils répondent tous : « Comme un lundi matin. » Seule Joëlle Singer affiche un sourire béat, elle a dû passer un week-end de folie avec Vincent Tartanguer...
Elle s'avance vers moi et lance :
– Tu as passé un bon week-end ?
– Excellent, et toi ?
Sur son poignet, le tampon d'entrée de La Java. J'ai le même sur le dos de la main. Elle l'aperçoit, tire sur la manche de son gilet en cachemire et répond bien fort :
– J'étais à la campagne chez mes parents, sortir de Paris, c'est exquis.
Elle disparaît dans le couloir en sifflotant.

Mes élèves m'attendent. Je m'approche du tableau. Un petit paquet blanc est posé dans la rainure. Il porte

l'inscription «Pour Ella». Je le mets dans ma poche avant que les enfants le remarquent.
— Prenez le poème de Prévert et l'exercice que vous aviez à faire. Quel est le rôle du soleil dans cette histoire ? Claire, tu réponds ?
Elle prend une grande inspiration, ferme les yeux et se lance :
— À la ligne 17, le soleil dit : «Prenez un verre de bière si le cœur vous en dit», propose aux escargots une vision positive de la vie, afin qu'ils cessent de courir après le temps et profitent des petites choses du quotidien.
J'inscris sa réponse au tableau.
Elias fait des petits bonds sur sa chaise.
— Oui, Elias ?
— Je suis pas d'accord, madame. Le soleil donne de la bière aux escargots pour pas qu'ils mangent la salade du jardin.
— Comment ça ? Prévert ne parle pas de salade, dans son poème.
— Non pas Prévert, ma mère ! Elle donne de la bière aux escargots dans le potager, à la campagne.
— Ça les chasse ?
— Non, madame, ça les tue.
Les élèves écarquillent les yeux, ils attendent ma réaction. Elias, onze ans, et sa science du potager viennent d'écraser sept années d'études de lettres modernes.
— Bon laissez tomber, je soupire. Prenez une nouvelle feuille, on va faire la leçon sur le conditionnel.

Je profite de ce que les élèves sont plongés dans leur manuel pour ouvrir la petite boîte blanche. Un bœuf en plâtre dans une litière de foin. Ses cornes sont coupées, une tache rouge comme celle du petit agneau est dessinée au marqueur sur son flanc.

Noël est passé et le bœuf de la crèche devrait être peinard, rangé dans un placard, pas mutilé dans la rainure de mon tableau vert.

Qu'est-ce qui se passe avec ces santons ?

Chez Jeannette, le bistrot des profs en face du collège, je déjeune avec Lou et lui raconte ma journée.
— C'est bizarre, ton histoire de bœuf écorné.
— C'est le troisième santon que je reçois.
— T'en as parlé aux autres profs ?
— Ils s'en tapent, ils sont tous plus chelous les uns que les autres...
— Si ça continue, on va te retrouver en petits morceaux dans ton casier, avec une couronne d'épines sur la tête.
— Arrête, c'est sûrement une blague d'élève... T'as fini comment samedi ?

Elle serre le fermoir de sa boucle d'oreille.
— J'ai passé la nuit avec un des DJ.
— Un singe ?
— Ella, c'est pas un singe, c'est un DJ des Wookies ! Les WOOKIES !

– T'as couché avec lui ?
– Vaguement... Toujours pas d'orgasme. Et toi, comment se porte ton point G ?
– J'ai passé la nuit avec un garçon magnifique. Il m'a pas touchée, il m'a respectée. Comme quoi... ce ne sont pas TOUS des animaux.
Lou lève la main pour que Jeannette vienne prendre sa commande.
– Il était gay, c'est tout. Des nouvelles de ton tofu ?
– L'appelle pas comme ça. On se parle sur Skype...
– Vous avez pensé à baiser par webcams interposées ?
– Déjà qu'on baise plus quand on est dans le même lit...
Jeannette, la patronne, avance mon plat.
– T'as pris un ris de veau ? demande Lou, dégoûtée.
– Oui, mais ils ont oublié le riz.
– Tu sais ce que c'est, le ris de veau avec un « s » ?
Je prends un morceau de viande beige qui se transforme en pâte gluante dans ma bouche.
Lou s'esclaffe.
– Des couilles de bébé vache, ma vieille ! C'est pour ça que je suis devenue végétarienne !

Je ne les ai pas mangées, les couilles de veau. À tous les coups, Lou s'est foutue de moi. Qui peut avaler ça ?

C'EST OÙ, LE NORD ?

Un homme entre dans le métro. Son jean est troué, ses chaussures sont durcies par du plâtre séché, ses rides semblent être des sillons creusés pour les larmes. Il serre un gobelet dans la main droite. J'ai pas envie qu'il me dérange avec sa misère. Je suis sûre qu'il pue.
Il s'installe à côté de moi.
Il sent l'eau de Cologne. Son gobelet n'est pas vide, l'homme n'est pas un clochard. Il rentre du travail et s'est offert un café à Châtelet pour la route.
Je me déteste de penser des trucs aussi nuls. Je me déteste d'être malheureuse et d'en vouloir à toute la rame de métro, alors que j'ai un métier, un appartement, un poisson, des amis et un mec qui m'aime.
Qui m'aime ?
Alors cette strophe de Shakespeare me cingle les oreilles.

Nous ne sommes pas seuls à être malheureux.
Souvenez-vous plutôt de l'immense théâtre
De l'univers où l'on assiste à des spectacles
Bien plus sombres que ceux où nous sommes acteurs.

La nuit est déjà tombée quand je rentre à l'appartement.
Je suis passée acheter un test de grossesse à la pharmacie, j'ai un retard de règles.
Victor est connecté sur Skype. Son visage apparaît sur le bureau de mon PC. Il est torse nu, adossé au mur

C'EST OÙ, LE NORD ?

de sa chambre décorée d'une frise de petits bateaux qui avancent dans le même sens.
Je voudrais défoncer l'écran et me blottir dans ses bras.
– Ça va, mon amour ? il dit.
J'articule avec peine.
– Ouais… et toi, ta journée ?
– Génial, mon patron m'a donné un iPhone 5S, j'ai une voiture de fonction, une Audi, et mon propre établi !
– C'est super…
Je veux qu'il revienne.
– Ouais. Quand j'aurai gagné plein de pognon, je rachèterai l'atelier du connard qui m'a viré et j'en ferai un kebab.
Je souris, j'ai envie de pleurer.
Il reprend :
– T'as pris tes billets de train pour Dunkerque ce week-end ?
– Pas encore. J'hésite entre deux horaires pour le retour. Lundi très tôt ou dimanche très tard. T'en penses quoi ?
– J'en pense que t'es incapable de prendre une décision toute seule, il grogne.
Je me demande pourquoi il reste avec moi. Je me demande pourquoi je reste avec lui.
– T'as un peu de temps, là ? Je voudrais te parler d'un truc, je crois qu'on a un problème…

– Pas trop ma chérie, je vais boire un coup sur la digue. Ça peut attendre demain ?

Il disparaît quelques secondes de l'écran, revient en manteau, glisse quelques billets dans son portefeuille.

– Laisse tomber. Je vais me coucher.

Je clique sur le petit téléphone rouge en bas de l'écran.

Je fais le test de grossesse, il est positif.

Et si je ne pouvais pas avorter ? Si c'était trop tard ? J'ai lu plein de trucs sur le déni de grossesse, le ventre pousse d'un coup. Victor va me quitter si je suis enceinte de plus de trois mois. Fini Ella et Victor. Je vais me retrouver dans une chambre de bonne à réclamer les allocs, le berceau du bébé sur le palier. Enceinte trop tôt, comme ma mère.

La diode de l'hélicoptère de Victor clignote sur l'étagère. J'arrache la prise et jette le jouet par la fenêtre. Prends la couette sur le lit et me réfugie sur le canapé du salon, sous le poster de Vanessa Paradis. Je voudrais que Victor soit là. Qu'il me serre dans ses bras et que je m'endorme sans peur. Comme quand il passait les doigts sur mon ventre et disait : « C'est fou ce que le corps humain est bien dessiné. »

Je ne veux plus de cet endroit. De cette chambre pour deux, des coupes à champagne que les parents de Victor nous ont offertes, de sa veste de quart orange qui traîne comme s'il l'avait oubliée en partant au bar.

J'attends que la nuit passe, les yeux plongés dans les

étoiles phosphorescentes accrochées au plafond. Victor les a scotchées le jour de notre emménagement. Il voulait faire la Grande Ourse. Les étoiles de la queue sont tombées, ça ne ressemble plus à aucune constellation.

10

Papa m'attend sur le quai de la gare de Dunkerque. Je reconnais de loin sa casquette de laine. C'est lui le plus grand des parents qui récupèrent leurs Parisiens pour le week-end. Julie l'accompagne, emmitouflée dans un manteau bleu ciel. Elle court, se rue dans mes bras.
– Ella ! J'ai eu les meilleures notes de la classe au bac blanc, et j'ai trouvé mon orientation.
Papa soupire en balançant mon sac dans le coffre de sa Clio qui sent l'œuf dur et les vacances d'été.
– Ta sœur veut devenir soigneuse animalière.
– Je fais un stage au zoo de Fort-Mardyck, ça commence demain. Tu viens avec moi ?
Demain matin, j'ai rendez-vous au planning familial, seule. Je n'ai pas envie que mon père soit au courant, ni Julie. Elle s'inquiéterait et ce n'est pas son rôle. Je suis l'aînée.
– Non, Victor a un championnat important, il veut que je l'accompagne.
Julie plonge le menton dans son écharpe. J'ai la

même. Tricotée par Mamie Colette, en grosses mailles qui grattent.
Papa glisse un CD de Led Zeppelin dans l'autoradio. Le port brille de toutes les lumières des bateaux qui tanguent, bercés par le vent.
– On va au Barbare, les filles.
Le Barbare, c'est le bistrot de la Grand-Place. Le QG des copains de papa. Quand j'étais petite, je servais les bières. Maintenant les hommes remplissent mon verre. Albert, le plus vieux, me tend des rouleaux de harengs au vinaigre. Il est remorqueur au port et me garde toujours un bocal que je rapporte à Paris.
– Choisis un chiffre entre un et quinze pour l'Euro Millions.
– Huit ! je dis sans réfléchir.
– Si on gagne, je te paie ton permis, ma chérie ! me promet papa.
– Et moi, alors ? dit Julie.
Albert sourit, un peu triste.
– Si on gagne, on va être plein de tunes, on sera plus potes, on boira plus jamais de pintes ensemble.
Je serais bien contente que papa gagne, moi. Il pourrait quitter son boulot de chef de rayon à Carrefour qui lui bousille le dos. Et payer mon loyer. Je ne serais plus obligée de donner des cours particuliers, je pourrais garder l'appartement de Belleville.
– Mais si, on sera encore potes, mais on habitera Megève, dit Arnaud, les yeux rêveurs. On viendra ici

en hélicoptère... Tu nous imagines atterrir sur la grand-place ?

Papa passe l'index sur le rebord de sa chope, lape une goutte de bière.

– Ils enlèveront la statue de Jean Bart pour qu'on puisse se garer tranquille.

– Et tu pourras me payer une école de soigneurs animaliers, ajoute Julie.

Papa la serre contre lui.

– Si je gagne, je t'offre ton propre zoo, ma puce.

Après dîner, papa me dépose à l'anniversaire de Lucas, le meilleur copain de Victor. Il vit dans une très grande ferme à Killem, un village perdu dans la campagne flamande. La fête a déjà commencé. Son père a fait fortune en inventant la saucisse sous vide. Chez eux, même en plein hiver, c'est tous les jours barbecue. Le hangar a été aménagé en salle des fêtes pour Lucas et ses cinq frères. Je m'écroule à côté de Victor dans un canapé défoncé. Une petite machine souffle des bulles de savon qui se mêlent aux groupes de fêtards.

– T'en as mis du temps, bébé ! T'étais où ? lance Victor sans me regarder.

– Avec mon père, au bar.

Il ne m'écoute pas, se sert une Chouffe.

Adrien, la star de la bande, champion de kitesurf à la mâchoire carrée et aux cheveux javellisés, me tend un verre de jus d'orange et y verse une louche de rhum. Il s'assied en face de nous.

Victor fait claquer sa main sur ma cuisse et lance :
— T'as vraiment un cul d'enfer, bébé, pas vrai les mecs ?
— Tu plaisantes là, Victor ?

Son haleine sent la bière et ses vêtements le feu de bois.
— Mais non... J'ai trop envie de toi, ma petite femme.
— Je suis pas « ta petite femme ».

Il prend un air concentré, se redresse sur le fauteuil, ses yeux sont rouges et bouffis, il a fumé trop de pétards.

Je m'écarte :
— Il faut que tu m'aides à payer le loyer du mois prochain, je vais pas m'en sortir.
— C'est pas le moment... Tu veux pas demander à ton père ?

Je pensais que ce ne serait qu'une formalité. Qu'il me signerait un chèque dans la minute.
— Mon père ? Mon père, il a deux filles et il gagne à peine le SMIC.
— T'as qu'à trouver un appartement plus petit !
— C'est pas si simple, tu le sais bien.
— Cherche un coloc'...
— Mais j'ai un MÉTIER, Victor ! Ça prend du temps tout ça !
— J'y peux rien, Ella !

— T'y peux rien ? Je dois me démerder avec un salaire de mille euros et neuf cents euros de loyer !

Les copains de Victor ont arrêté leur partie de baby-foot, les bières ne s'entrechoquent plus, ils me regardent, gênés.

— Non seulement t'es pas foutu de TE trouver un boulot à Paris, mais en plus tu ME mets dans la merde ! T'es nul, t'es minable. T'es une grosse merde.

Victor se ratatine dans le canapé. J'ai des fourmis dans les bras, mal au dos, mes oreilles chauffent, je suis sortie de mon corps, un monstre bouillonne dans mon ventre. Je ne peux plus m'arrêter.

— Réveille-toi, c'est facile pour toi ! Tu manges le cassoulet de ta mère et tu conduis une voiture de fonction. Et tu penses à quoi ? À la jolie petite maison qu'on achètera à Bambecque, avec une balançoire au fond du jardin pour nos jumeaux, deux caniches anglais, un barbecue ? Sans moi !

Il ne dit rien, garde la bouche ouverte.

— Tu veux que je te cuisine des bons petits gigots et que je t'attende le dimanche midi et tous les soirs de la semaine un tablier autour de la taille ? Je suis dans la merde à cause de TOI, Victor. Tu sais combien je paye d'EDF ? Tu sais que tout est à mon nom ? Et la taxe d'habitation ? T'as idée de combien ça coûte ?

Il se ramollit au fond du canapé, s'étale sur le cuir jaunâtre.

— Dis quelque chose !

Plus personne ne danse, tout le monde me fixe.
– Compte pas sur moi pour jouer à la pom-pom girl sur la plage demain au championnat avec les pétasses de tes copains.
Une main légère se pose sur mon épaule. C'est Julie.
– Allez viens Ella, on rentre à la maison.

On s'assied contre une motte de foin, en face d'un champ. Un âne broute l'herbe humide. Ma petite sœur me tend une cigarette.
– Papa arrive, je l'ai appelé quand je t'ai vue hurler sur Victor.
– Merci. T'es venue comment ?
– Avec la petite sœur de Joé. Tout Dunkerque est à cette soirée, tu sais ?
– Super, demain ma crise d'hystérie sera dans *Le Journal des Flandres*.
– On s'en fout... Et puis t'avais raison de t'énerver.
Nos cigarettes font deux petits ronds rouges dans la nuit.
– Tu crois ?
Elle me prend la main.
– Tu peux pas te laisser démolir par le départ de Victor. C'est son problème s'il bousille sa vie, pas le tien.
– Mais c'est dur...
– Il faut que tu croies en toi, et que tu arrêtes de

t'oublier dans votre couple. Tu es une PERSONNE, pas un flamant rose !

— Un flamant rose ? je souris.

— Ben oui. Au zoo ils sont plantés sur une seule patte, à Fort-Mardyck, au milieu des usines. Alors qu'ils pourraient être en Afrique, au bord de rivières de cristal et d'herbe vert fluo. Toi, t'as DEUX pattes. Alors, vis ta vie, pas celle que Victor te concocte.

— Mais je fais comment ?

— Commence par larguer cet appartement, trouve-toi un truc plus petit et rien qu'à toi.

La voiture de papa brinquebale dans l'allée. Julie écrase sa cigarette et se lève, frotte son jean pour se débarrasser de la poussière du foin.

— Comment tu fais pour tout comprendre ? je lui demande.

— Je lis beaucoup.

Ma chambre chez papa est sous les combles, le bois autour de la fenêtre s'effrite et laisse passer le vent, le radiateur est cassé, le lit rempli de grains de sable. Pourtant j'y dors toujours bien, comme sur un bateau. Mais cette nuit, les draps sont trop froids. Je veux les grands bras de Victor, son ventre contre mon dos, le lobe de son oreille, l'intérieur de ses cuisses. J'ai peur. Je m'y prends tellement bien que ça m'empêche de respirer.

J'ai peur qu'il me quitte, j'ai peur de le quitter, j'ai peur d'avoir un bébé et j'ai peur d'avorter.
J'ai peur sans lui.
Ce soir, je ne suis plus en sécurité. Je voudrais être grosse, très grosse, pour prendre toute la place dans ce grand lit.

11

Le bureau de l'infirmière du planning familial est tout blanc. Une seule affiche habille le mur devant moi : une jeune fille gribouillée en noir sur son lit, les cheveux en chignon défait : «IVG, des gens pour vous renseigner».

Ce matin Victor est passé chez papa, il voulait m'emmener au championnat de kitesurf, à la Pointe-aux-Oies. Sa planche était fixée sur le toit de sa voiture. J'avais très envie de voir sa toile rouge faire la course avec les autres sur la mer déchaînée, entre les deux caps, les falaises de craie blanche.

J'ai dit non sans donner d'explication. Il a eu l'air à peine surpris, et puis il a souri et a dit : «Je t'aime, Ella.»

L'infirmière s'assied juste à ma hauteur. BÉATRICE indique le badge épinglé sur son haut décoré de volutes violettes. Elle est habillée en Desigual des pieds à la tête : des vêtements pleins d'arabesques et de couleurs qui me donnent le tournis, c'est de l'hypnose par les fringues. Les gens qui s'habillent comme ça détournent l'attention pour qu'on ne devine pas qui ils sont vraiment.

À mes pieds est posé un grand calendrier en carton.

– Vous avez donc arrêté la pilule ?

– Oui parce que ça donne la nausée et que ça fait grossir.

– La pilule ne provoque pas de nausées. C'est la grossesse qui donne la nausée. Vous vous protégiez comment ?

– On faisait gaffe.

Elle lève son crayon.

– Ça ne suffit pas de « faire gaffe ». Vous n'avez pas quinze ans, si ça se trouve vous êtes en plein déni de grossesse et vous êtes à quatre mois. Vous pourrez pas avorter alors !

Mes doigts se crispent. J'ai envie de pleurer et ça doit se voir parce qu'elle se radoucit.

– Je ne suis pas là pour vous engueuler.

– Pourtant vous faites ça très bien.

– Je suis contente de vous voir pleurer. Ça montre que vous vous sentez concernée. Vous avez confondu désir d'enfant et désir de grossesse.

– Si vous le dites, je renifle.

Elle me tend un mouchoir, je lui tends les prises de sang que j'ai faites à Paris.

Je prie. Au nom du Père, du Fils et du Saint-Esprit,

papi, papi, je t'en supplie. Fais que je sois pas trop enceinte, je ne peux pas avoir de bébé maintenant, plus tard, quand Victor sera revenu vivre avec moi, quand il aura compris, quand on aura assez d'argent.
Elle détaille les analyses par-dessus ses lunettes.
– Le test est positif, vous êtes enceinte.
– Je sais, je veux savoir de combien de mois.
Elle me rend le papier.
J'ai les mains qui tremblent, je me sens en suspens, dans un de mes cauchemars de petite fille : trapéziste au-dessus d'une gueule de tigre grande ouverte.
Je prends la feuille, lis une suite de chiffres, de lettres et de virgules. Premier trimestre, deuxième trimestre, et tout en bas, comme le résultat d'une longue opération : « Troisième trimestre. »
Je retiens un cri. Trois fois trois mois, ça fait neuf mois. Je vais accoucher demain, c'est un déni de grossesse, ma vie est foutue.
– Mademoiselle, ça ne va pas ? Vous êtes toute blanche.
Elle pose la main sur mon bras.
– C'est quoi ça ? Troisième trimestre ?
– C'est juste une indication, une échelle, c'est pas pour vous, respirez.
Un mélange de jubilation et de panique s'affiche sur son sourire.
– Regardez votre taux d'hormones, vous êtes à deux semaines. Vous avorterez par voie médicamenteuse,

C'EST OÙ, LE NORD ?

c'est très rapide. Un rendez-vous chez le gynécologue, et c'est terminé.
Je respire. Je vais lui faire bouffer ses calendriers avec ses paroles en papier mâché.
– Et puis, elle ajoute, il y a du positif dans tout ça. Vous avez découvert quoi aujourd'hui ? Que vous étiez...
– Enceinte ?
– Mais non !
– Idiote ?
– Pas du tout ! Que vous n'étiez pas...
– Prête ?
Elle soupire, vexée, lève les yeux puis les colle sur mon ventre :
– Stérile ! Vous n'êtes pas stérile, et votre fiancé non plus.
Sur cette note enchanteresse, elle me donne le numéro d'un gynécologue et me congédie.

Je rejoins Julie au zoo de Fort-Mardyck. Dominique, l'ours star, gratte le béton au fond de sa fosse.
Julie, révoltée, prend des photos.
– C'est dégueulasse d'enfermer des animaux comme ça !
Un soigneur en salopette bleue s'appuie contre la grille.
– Il est né en cage. Dans les montagnes, il se ferait

dévorer par les autres mâles et ne saurait pas chasser les saumons qui remontent les rivières.
— Vous lui donnez quoi à manger ?
— Les stagiaires.
— Très drôle... Je vais vous coller la SPA au cul, vous allez voir !
— On se calme, Brigitte Bardot. Prends ton seau et va nourrir les castors.

Je suis ma petite sœur qui s'agenouille devant le box des rongeurs. Je l'aide à distribuer des kilos de carottes, de salades et de navets.

Ils plantent leurs longues dents orange dans les légumes et poussent des gémissements de bonheur.
— C'est moi qui achète la nourriture, explique Julie. Ils m'ont dit de prendre les moins chers d'Intermarché mais j'ai choisi les bio.

Elle prend ma main et la pose sur le plus gros castor.
— C'est Louise, la doyenne de la bande. Touche comme son poil est doux.

La fourrure n'est ni rêche ni sale. Louise lève le museau, le frotte contre ma paume.
— Elle m'aime bien, non ? je demande.
— Elle aime manger surtout. T'es vraiment une sentimentale, toi !
— Pour ce que ça me rapporte..., je soupire.

Elle remplit une écuelle d'eau claire, la dépose devant le castor.

– Louise est pleine, dans deux semaines, elle aura deux bébés.

Julie caresse l'animal qui arrondit le dos sous ses doigts :

– Tu trouves pas ça génial ?

J'ai l'impression d'avoir tous les légumes des castors coincés dans la gorge.

Je pourrais parler à ma sœur du médicament dans la poche de mon duffle-coat, du planning familial, du bébé de Victor dans mon ventre.

Elle me tend une carotte, s'inquiète.

– Ça va pas ? T'as les yeux tout rouges.

Je veux oublier.

– Je crois que je suis allergique aux poils de castor, je dis en sortant du box.

Dans l'enclos suivant, les flamants roses se tiennent serrés dans un coin de leur petite mare, le bec plongé dans l'eau, leurs grandes ailes pliées... Julie a raison : ces oiseaux-là manquent d'ambition.

Le lendemain, je rejoins Victor en haut du poste de secours bleu de Malo-les-Bains. C'est là qu'on se retrouvait la nuit quand on faisait le mur en terminale.

L'horizon s'évanouit derrière les brise-lames et les ferrys SeaFrance. Je voudrais nager et traverser la mer du Nord, je n'en peux plus de cette immense bande de sable jusqu'à la Belgique, ça me rend malade.

– Pourquoi t'es pas venue hier? demande Victor en passant le bras autour de ma taille.
– J'avais envie de voir Julie et les castors.
– T'as réfléchi pour l'année prochaine?
– Réfléchi à quoi?
– Tu viens t'installer avec moi, ici?
– Non, je pourrais pas vivre à Dunkerque.
– Pourquoi pas? Il y a toute ta famille. Et puis, c'est génial de vivre au bord de la mer.
– Y'a tellement de sable sur la digue que je peux même pas faire de roller. J'ai besoin de prendre de la vitesse.

Il soupire. Je sors un paquet de Lucky Strike de ma poche et essaie d'allumer une cigarette à l'abri de son manteau.

– Victor, reviens à Paris, s'il te plaît. C'est là-bas, chez nous.
– Je peux pas. J'ai mon métier ici, un jour je serai chef d'atelier, ça paie vachement bien.
– Je suis enceinte.

Je ne sais pas pourquoi je dis ça, je veux qu'il prenne soin de moi, disparaître dans ses bras, qu'il me dise: « Merci d'avoir éliminé ce problème sans me pourrir mon week-end, ma compétition de kitesurf, ma vie. »

Il me fixe, hébété...

– Tu veux qu'on le garde?

Il n'a rien compris, bloqué sur sa petite image de jolie maison, de gros ventre rond qu'il caressera dans notre

lit king-size aux draps frais et bien repassés. Il ne se doute de rien. Il ne pige rien.
Je me dégage de ses bras.
– Tu plaisantes ?
– Pas tant que ça, tu viendrais t'installer ici, tu peux être prof partout, non ? Mes parents nous aideraient, au début.
Dans sa tête, c'est Ikea, bien rangé, bien organisé, dans la mienne, c'est un vide-grenier bordélique.
Je comprends tout à coup que lui et moi, on n'habitera plus jamais dans les mêmes rêves.
– De toute façon, c'est trop tard, je mens, j'ai déjà avorté.
– Quoi ? Putain !
Il donne un coup de pied dans la rambarde rouillée, le choc gronde dans le vent.
– Pourquoi tu m'en as pas parlé ?
– Ben pour ça, justement ! Parce que tu vis dans un épisode de *La Petite Maison dans la prairie* !
J'éclate en sanglots.
– On peut pas avoir un gosse, on a vingt-quatre ans ! On a pas un rond !
– Ella, je vais en gagner beaucoup, de l'argent... C'est une décision qu'on devait prendre à deux !
– Tu crois que je veux rester prof au collège toute ma vie ? Je veux l'agrégation, je veux écrire une thèse, je veux vivre à Paris, pas à Dunkerque ! Paris !

Ses yeux se voilent, il me regarde de très loin, le vent se lève entre nous deux.

C'est triste aux petits oignons.

– Mon amour..., il bafouille.

Il ouvre un peu les bras, je m'y engouffre, je voudrais que ça dure longtemps.

Je me reprends et m'écarte. Une mouette se pose et nous observe, l'œil noir et le bec mauvais.

– Ça marche plus, toi et moi.

– Qu'est-ce que tu dis, tais-toi ! il gémit.

Je sais que j'ai raison, il le sait aussi, c'est à moi de jouer, à moi d'être forte.

Je ne peux plus le regarder, ses yeux sont remplis de larmes, s'ils clignaient, toute la mer du Nord se déverserait sur mes bottines.

– C'est fini, je dis.

Je pars en dévalant les escaliers du poste de secours. Il se met à pleuvoir très fort, je pleure, je voudrais faire demi-tour, lui crier que c'est n'importe quoi, que j'ai pas avorté, qu'on peut le garder, commencer une belle vie à deux, enrobés dans du coton rose, tout oublier avant qu'il annonce : « Ella m'a larguée. » Elle ne m'a pas quitté pour un autre. Elle est partie parce qu'elle voit grand. Parce que la vie à Dunkerque, c'est trop petit.

La pluie me glace le visage. Le sable, en lasso fin, retient mes pieds, me pique les yeux, j'enfonce les poings dans les poches de mon duffle-coat, marche contre le vent, traverse la plage livide et plate.

Chez papa, c'est l'heure du pot-au-feu du dimanche midi. Une odeur de bouillon se faufile dans l'escalier en colimaçon, le feu danse dans la cheminée et réchauffe le salon.

Mamie Colette est assise dans le grand sofa vert, un verre de calva à la main.

– Qu'est-ce qui t'arrive, ma chérie ? elle lance en s'apercevant que je pleure.

– J'ai quitté Victor.

Elle tapote la place à côté d'elle du plat de la main.

– Vaut mieux ça qu'une jambe de bois.

C'est sûr, je préfère être célibataire que cul-de-jatte.

Je m'allonge et pose la tête sur ses genoux.

Elle me caresse les cheveux, je me laisse aller au chagrin chaud, réconfortant.

– Je serai plus jamais amoureuse.

La main de mamie s'arrête.

– Dis pas ça. Si ça tombe, vous allez vous retrouver. C'est tellement con, la vie.

Mamie Colette ne peut pas comprendre. Julie ne peut pas comprendre, papa ne peut pas comprendre. Même moi, je ne comprends pas. Est-ce que ma mère comprendrait ? Elle est partie faire le tour de l'Europe de l'Est avec son nouveau mec, ingénieur du son, elle doit faire la fête entre Budapest et Bucarest.

« À table ! »

Papa apporte le pot-au-feu dans un plat à tajine, il le pose sur la table.

C'EST OÙ, LE NORD ?

Rompre avec Victor, c'est aussi cruel que couper une libellule en deux. Et si j'étais seule après, si je ne trouvais plus jamais personne ? Si mes enfants ne naissaient jamais ?

12

Paris. J'ai échafaudé des plans pendant tout le trajet en TGV et dans l'ascenseur. D'abord : éliminer Klaus. C'est un témoin encombrant. Le couper en petits dés, le faire frire à la poêle, le jeter au fond des toilettes et tirer la chasse. Qu'il serve de nourriture aux mygales abandonnées dans les égouts de Paris.
 Le bonnet Saint James de Victor est accroché à la patère de la porte du salon. L'éliminer aussi. C'est son parfum, son cou, ses hanches impatientes, ses bras qui me serrent, ses mains qui me plaquent au matelas, contre les murs, sur le sol. Les voisins du dessous qui donnaient de grands coups de balai au plafond pour qu'on arrête de baiser sur le parquet ancien.
 Je jette le bonnet dans la poubelle de mon bureau.
 Klaus fait un petit saut au-dessus de l'eau de son bocal. Il a compris que son heure arrivait, il tente de s'échapper. Je décide de lui laisser un peu de répit.
 Il faut que je bouge les meubles, que je fasse disparaître les images de Victor et moi enlacés partout. Je

dois trouver un nouveau coloc'. Une fille ou un garçon qui plie ses vêtements et passe l'aspirateur. Fumeur d'accord, bordélique, non. Lou, hors de question.

J'attrape le bocal rond de Klaus par les bords pour le poser sur mon bureau, il est trop lourd, le verre se brise sous mes doigts, le bocal explose. Un filet de sang s'échappe de mon pouce.

– Quel con, ce poisson !

L'eau se répand sur mes livres, mes cahiers, mes classeurs. Je cours chercher la serpillière, j'éponge, j'essuie, j'essore, j'étale mes copies sur le radiateur. Je prends mon sèche-cheveux et l'agite au-dessus des feuilles, le vernis du bois fait déjà des petites cloques.

Flop, flop, flop. J'entends un clapotement.

Klaus. Je l'avais oublié. Je l'entends mais je ne le vois pas. Qu'est-ce qu'il croit ? Que je vais tout laisser tomber pour le sauver ? Mon bureau tout neuf et mes copies ?

J'en ai marre de faire des choses pour les autres. Je suis devenue prof pour quoi déjà ? Pour rassurer mon père, avoir un salaire, être fonctionnaire.

Klaus… Il avait raison le vendeur chez Truffaut, je suis responsable.

Klaus… C'est de ma faute s'il était coincé dans un bocal avec pour colocataires un berger, un agneau, un bœuf en plâtre.

Klaus… C'est tout ce qui me reste !

– T'es où, Klaus ? Faut pas que tu crèves comme ça !

Je fouille dans mes dossiers, soulève la corbeille à papier, pousse la chaise, tends l'oreille pour repérer le poisson, rien.
  Je prends mon téléphone, j'appelle Lou.
– Viens m'aider, j'ai perdu Klaus.
– T'as perdu quoi ?
– Mon poisson rouge.
– T'as pété un câble ?
– Je l'entends plus respirer !
– Bon, bouge pas, j'arrive.

Quand Lou sonne, j'ai enfin réussi à récupérer Klaus. Il agonisait, coincé dans les anneaux d'un classeur. Je l'ai tiré délicatement par la queue, j'ai couru dans la cuisine et l'ai jeté dans un saladier rempli d'eau. Il a flotté un instant et a été pris d'un spasme. Depuis il fait des bonds de cabri.
– Il est bizarre, dit Lou.
– Tu trouves ?
– Et puis, il nage un peu de travers, non ?
– C'est de naissance, rien à voir avec le dégât des eaux.
  Mon téléphone vibre dans la poche arrière de mon jean. C'est Victor. VICTOR !
– Réponds pas ! crie Lou.
– Si. Je l'aime encore !
Je décroche.

Lou me fait signe de mettre le haut-parleur, je m'exécute. Elle s'allonge sur le canapé, feuillette un vieux *Mickey Parade* en m'observant du coin de l'œil.

Au bout du fil, Victor bégaie, sanglote, me demande de le rejoindre, se reprend tout à coup.

– J'ai bien réfléchi, je veux revenir à Paris.

Lou secoue la tête, pointe un pistolet imaginaire sur sa tempe.

– T'en es sûr ?

– Oui, j'ai besoin de toi.

– Oh Victor, tu me man...

Lou se rue sur moi, arrache le téléphone et le jette dans le saladier de Klaus, pétrifié.

– Mais t'es folle ! J'ai plus un rond, plus de mec, et toi tu balances mon téléphone à la flotte...

– Tu ramollissais à vue d'œil. T'allais dire oui !

– Et pourquoi pas ?

– Parce que tu l'aimes plus, ma vieille. Tu mélanges tout.

– Je mélange rien du tout... Je veux pas être seule ! Y'a que des gens seuls, je veux pas leur ressembler.

– Il va revenir et quoi ? Il va pas trouver de boulot et il va repartir. Ou il va prendre un job chez Starbucks, déprimer, se mettre à picoler et te taper.

– Faut que t'arrêtes de bouffer des graines, toi, ça te grignote le cerveau.

– C'est fini. Lui dire reviens, ce serait ravaler ton vomi.

C'EST OÙ, LE NORD ?

Je sais qu'elle a raison.
– Je suis à la ramasse, je sais plus ce que je veux.
– Bon, écoute, va te coucher. On en reparle demain.
– Et pour le téléphone, je fais comment ?
– À Belleville, des téléphones y'en a à dix euros à tous les coins de rue. Au moins pour ce soir tu risques pas de craquer. Tu me diras merci demain, tu verras.
Lou claque la porte de l'appartement.
Klaus semble remis de son escapade.
– Maintenant y'a plus que toi et moi, mon vieux.
Il ne répond pas. Il fait des loopings, tourne, tourne, toujours de travers. Il n'a pas mangé depuis une semaine et a survécu à un tsunami. Dix minutes à palpiter hors de l'eau et pas une égratignure.
– T'es pas si mal comme poisson, finalement.
J'émiette une biscotte dans le saladier, il ne bouge pas.
– Allez, mange, je te veux pas de mal.
Il dévore les miettes une par une.
Je repose les santons au fond du saladier pour qu'il ne se sente pas dépaysé.

13

En avance pour mon premier cours du jeudi, je prends un café-verre d'eau chez Jeannette. La grille du collège n'est pas encore ouverte. Une mésange bleue a fait son nid dans la gouttière du bistrot, le soleil rosit la façade du collège et l'eau dans mon verre à moitié plein. L'ombre transparente vacille sur la table ronde et blanche.

Le printemps approche.

Elias passe devant la terrasse du bistrot, se cogne à une chaise, m'aperçoit, oublie qu'il tient la poignée de son cartable à roulettes et me fait signe. La poignée claque sur le macadam, il sursaute, la ramasse et repart en courant.

Derrière moi, Joëlle tripote nerveusement la paille de son jus d'orange, elle discute avec un homme caché par le comptoir. Il porte une chaussure vernie qui bat en cadence contre le pied de la table.

– Lola Berneval est responsable de ses actes.

Je tends l'oreille.

— Vous l'avez convaincue ? demande Joëlle.
— Je lui ai parlé de l'Évangile, je lui ai dit qu'elle commettait un grave péché.
— Vous avez eu raison. Jésus pardonne, Jésus aime, Jésus aide, il sera là pour cette petite.
La chaussure frappe le carrelage d'un grand coup de talonnette, l'homme se relève.
— Jésus a surtout des principes, mademoiselle Singer.
Un bref silence laisse place au percolateur qui crache un espresso, un peu de monnaie est jetée sur le comptoir en étain.
— Elle reviendra au collège ?
— Non, je l'ai dirigée vers un établissement public.
La chaise de l'homme grince sur les tomettes.
Je plonge la tête dans mes copies. Il passe devant moi, c'est le directeur. Ses jambes flottent dans son pantalon à pinces.
Dans le miroir, Joëlle relève son chignon, ajuste son col Claudine. Je laisse deux euros pour le café et sors sans me faire remarquer.

En salle des professeurs, Annick Caroulle remplit des documents administratifs au Bic noir.
— Un bon ex est un ex MORT !
J'essaie de me concentrer sur mes copies. Qu'Annick m'entretienne de l'état désastreux de sa vésicule biliaire passe encore, mais je n'ai aucune envie de devenir sa

conseillère conjugale. D'autant que j'ai autre chose en tête. Un nouveau santon était caché dans mon casier, niché dans une boîte de craies. Un couple aux vêtements provençaux sur un cheval noir. Décapités. Deux amoureux sans tête en cavale.
– T'as un mec, toi ? lance Annick.
– J'en ai plus. Depuis cinq jours.
– T'as bien raison ! Que des emmerdes ! Et plus ils ont du pognon, plus ils sont cons !
Je cherche un peu de monnaie pour un café instantané, mes doigts rencontrent le nouveau santon. Je montre la figurine à Annick.
– Ils font des cadeaux, le secrétariat du collège, pour Noël et la nouvelle année ?
– Ils offrent rien du tout. Déjà si t'as ta fiche de paye, tu peux t'estimer heureuse.
– J'ai reçu des santons dans mon casier. Quatre depuis Noël.
– Cadeaux d'élèves.
– Y'a pas de nom, pas de petit mot, rien.
– Tu devrais te méfier quand même, y'a des drôles de gosses dans ta classe.
Je range mon paquet de copies.
– Qui ça ?
– Rayan, le grand et gros à lunettes. Je l'ai viré, il a une tare.
Je repense à Rayan qui se propose toujours pour

essuyer le tableau, distribuer les copies ou vider la poubelle de la classe.
– Il est plutôt sympa en français.
– Justement, il cache bien son jeu. Il grattait le dos de la main du petit autiste avec un capuchon de Bic pendant la leçon sur l'Empire romain.
– Il faisait quoi ?
– Ça s'appelle le jeu du jardinier. Tu tiens le poignet de ton voisin, tu pinces et tu griffes jusqu'au sang. Tu veux essayer ?

Elle brandit un Bic et sourit du peu de dents qui lui restent. Vincent Tartanguer entre dans la salle, un carton rempli d'éprouvettes dans les bras, son cardigan rouge sur l'épaule. J'en profite pour m'enfuir et rejoins la classe des 6e D. Aujourd'hui, c'est la leçon sur le complément d'objet direct.

J'écris au tableau : « Le Petit Chaperon rouge donne le panier. »

Je demande à Claire, Mattéo et Elias de s'approcher.
– Claire, tu es le Petit Chaperon rouge, Elias le verbe « donner », Mattéo tu es le panier. Maintenant mettez-vous dans l'ordre de la phrase.

Ils s'exécutent.
– Et donnez-vous la main.

Mattéo refuse.
– Je suis pas PD moi, madame…
– Mattéo !

Elias fixe le bout de ses mocassins.

– Moi non plus, je veux pas lui donner la main.
– C'est la consigne. Vous formez une phrase. « Le Petit Chaperon rouge donne le panier. »
Claire prend la main d'Elias qui pince la manche de Mattéo.
– Bon, vous avez compris ! Le verbe « donner » et le panier sont reliés ! C'est un complément d'objet DIRECT.
Ils acquiescent.
– Maintenant j'ai besoin d'une grand-mère ! Qui veut faire la grand-mère ?
Zoé lève le doigt timidement.
– C'est normal, dit Rayan. Elle kiffe Mattéo, elle est amoureuse du panier.
Zoé rougit, se frotte la bouche et prend la main de Mattéo. Ils forment une chaîne.
– Alors, regardez bien. Est-ce qu'on peut dire : « Le Petit Chaperon rouge donne le panier sa grand-mère » ?
– Non madame, répond Claire, il manque une préposition.
– Bravo ! Il me faut une petite préposition.
– Moi ! Moi !
Rayan se lève, se fraie un passage entre les tables, renverse trois trousses et s'installe entre Mattéo et Zoé.
– Vous avez compris ?
– On a bien compris, madame ! Un COI, c'est une grand-mère qui a besoin d'un gros pour porter son panier !

Rayan se renfrogne, tout déconfit d'avoir été traité de gros. Je l'imagine mal en pervers manipulateur de santons.

Les élèves s'éparpillent dans la classe, rangent leurs classeurs, cherchent les clés de leurs casiers. Augustin donne un coup de poing sur son cahier, la cicatrice sous son œil blanchit. Je m'approche de sa table. Une grande tache d'encre recouvre sa leçon de français. Dans la marge, il a dessiné un petit bonhomme au sourire étiré jusqu'aux oreilles, un rictus rouge.

– C'est quoi ce bonhomme ? je demande.
– Je lui ai fait le sourire de l'ange, comme dans *L'Homme qui rit* de Victor Hugo.
– Qu'est-ce qui s'est passé avec ton stylo ?
– Il a fui, il râle en l'écrasant sur sa table.
– C'est pas grave...
– Mais si, je l'adorais !

Il jette le stylo sur le carrelage en mosaïque marron et sort de la classe en pleurant.

À l'heure du déjeuner je retrouve Annick Caroulle à l'arrêt de bus. Elle semble toute petite quand elle n'est plus au collège. Elle porte ses sacs Auchan et son look sans époque avec épuisement, ses cheveux gris-jaune tombent en lourd chignon sur le col en fausse fourrure de son manteau. On dirait un canapé abandonné aux encombrants. Elle regarde le bitume. Je reste en retrait.

Pas envie qu'elle me parle de sa petite Lulu ou de son ex mort.

J'ai besoin de quelqu'un de joyeux.

Justement, aujourd'hui je déjeune chez Théo, le garçon que j'ai rencontré à La Java. Il vit dans un deux-pièces, dans une rue parallèle au collège.

Je monte les six étages de son immeuble de la butte Montmartre, il m'ouvre en long peignoir de bain. Il est maigre et beau, j'ai envie de m'allonger contre lui. Je me baisse pour avancer dans son appartement sous les combles. Ça sent l'essence de cannabis et le thé au jasmin. De grosses enceintes en bois soupirent une chanson des Vampire Weekend.

Des étagères de livres couvrent les murs, des petits pots de thym, de laurier, de romarin s'alignent sur la table basse. Au mur : un poster de Batman et une tenture indienne.

– Alors Ella Bella, tu t'assieds ou tu fais l'inventaire ?
– C'est sympa chez toi, c'est inspirant.

Il esquisse un sourire fier et dépose devant moi une large part de tarte aux framboises et une tasse de thé fumante.

– On commence par le dessert ? je m'étonne.
– Non, c'est le repas. Je mange que ce qui me plaît et je suis sûr que t'adores les fruits rouges.
– Bingo ! Comment ça se fait que ça sente l'herbe chez toi ?
– Viens voir.

Il me guide dans son entrée et ouvre un placard. La lumière chaude, douce, irradie dans le couloir. Une longue plante verte aux palmes dentées ondule sous une lampe chauffante.
– Tu fumes ? je demande.
– Non, je respire et je distribue aux copains. C'est du 100 % naturel. Entre !
– Entre ?
– Dans le placard, tu verras, tu seras ressourcée.
Je m'exécute, il ferme la porte. La lumière reste allumée, je ressens tout à coup ce que doit ressentir un poisson rouge. Enfermée avec une plante plus grande que moi, dont les feuilles frémissent sous le souffle régulier d'un grand ventilateur.
– Tu sens l'énergie ?
Je me sens surtout claustrophobe. Et humide.
– Euh... pas trop. Encore deux minutes et tu pourras me fumer moi aussi.
Théo me libère, prend une grande inspiration, s'assied sous sa mezzanine. Je m'installe en face de lui, dos au poster de Batman. Ce garçon a quelque chose d'un adolescent mal pétri que j'aime bien.
– Qu'est-ce que tu racontes depuis notre folle nuit d'amour ?
– J'ai avorté, quitté mon mec, et reçu en cadeau des santons massacrés.
– Merveilleux ! Tu veux qu'on parle de quel problème en premier ?

– Des santons. Des figurines de la crèche. J'en suis à la quatrième depuis Noël. Au début, j'ai cru que c'était des cadeaux, mais maintenant je doute.
– Oui, ça ressemble plutôt à des menaces de mort.
– Merci, c'est rassurant.
Je sors de mon porte-monnaie le dernier santon que j'ai reçu.
– C'est Mireille et Vincent ! s'exclame Théo.
– Qui ?
– Un jeune couple maudit. Tiens, regarde sur l'étagère, le livre de leur histoire. C'est rangé par ordre alphabétique. Cherche à Frédéric Mistral.
Je sors le gros volume, coincé entre un dictionnaire des symboles et les œuvres complètes de Baudelaire.
Je l'ouvre au hasard et lis à voix haute : « Que Dieu jamais ne m'emparadise, s'il est mensonge en mes paroles ! Va, croire que je t'aime, cela ne fait pas mourir, Vincent ! Mais si par cruauté, tu ne veux pas de moi pour amante, ce sera moi, malade de tristesse, ce sera moi qu'à tes pieds tu verras se consumer ! »
– C'est torride ton truc, ça raconte quoi ? Comment tu connais ?
– Je prends des cours de littérature du XIXe siècle. Pour te la faire courte, les parents de Mireille refusent son amour pour Vincent, elle se casse de chez elle pour demander de l'aide aux bonnes sœurs, et meurt sur la route d'un gros coup de soleil.

— C'est horrible ! Mais qu'est-ce qu'ils foutent dans la crèche ?
— La question, c'est surtout : « Qu'est-ce qu'ils foutent dans ton portefeuille ? »
Je manipule le santon. Deux amoureux figés dans le plâtre sur leur vieux cheval, Vincent les rênes dans les mains, Mireille bientôt séchée au soleil.
— T'as vu ce que ça fait, l'amour ? Tu finis cramoisie dans le désert.
— Ou enceinte et t'avortes, je soupire.
— Ça fait mal ?
— Pas du tout, ça fait peur.
— T'es triste ?
Je dis non avec la tête.
C'est vrai, je ne suis pas triste, je suis vide.
Théo sourit, un sourire tendre, un sourire gentil, un sourire d'ami.
— T'as des nouvelles de ton ex ?
— Ben, il a essayé de m'appeler mais Lou... Tu te souviens de Lou ?
— La top model avec laquelle tu es venue à La Java ?
J'acquiesce.
— Elle m'a empêchée de lui répondre.
— Elle a raison ! Être seul, c'est le pied total. Tu vas danser, créer, t'envoler.
— Mais qu'est-ce que vous avez tous à chanter les louanges du célibat ? C'est si nul que ça, le couple ?

– Non. Mais tu dois d'abord apprendre à être responsable de TOI, pas de quelqu'un d'autre.
– Comme le Petit Prince et le renard ? « Tu deviens responsable pour toujours de ce que tu as apprivoisé » ?
– Sauf que là, c'est pour de vrai. Apprivoise ton cul, décide de ce que tu veux être et pour l'adoption du renard, tu verras plus tard.
Théo se lève, me tend mon manteau :
– Bon, file maintenant, j'attends un Russe.
– Celui de La Java ?
– Oui… je suis retombé sur lui sur Tinder. On a prévu un petit jeu de rôle dans dix minutes…
Je laisse tomber ma cuillère pleine de crème et de framboises sur la table basse.
– Un jeu de rôle ?
– Ouais, ça commence par : « Excusez-moi, monsieur, j'avais demandé une femme de ménage, pas un homme ! »
Il ajoute, railleur :
– Fais pas cette tête, c'est marrant.
– T'es surprenant, Théo Asambert.
– Je baise, chérie. C'est bon pour le teint, tu devrais essayer, t'es toute grise.

Les élèves sont en travail de groupe cet après-midi, ils planchent sur une rédaction : « Imaginez la découverte d'une nouvelle planète par le Petit Prince. » Ils suçotent

leur stylo, feuillettent le dictionnaire, me lancent des regards misérables auxquels je réponds par des clins d'œil encourageants.
— Laissez aller votre plume ! Et n'utilisez pas « il y a » !
J'allume mon téléphone, caché derrière mon trieur de copies et remarque une nouvelle icône sur mon écran d'accueil. Une petite flamme rouge.
Je clique.
Tinder.
Théo Asambert ! Je le retiens, celui-là. Il m'a créé tout un profil !
Professeur de français au visage taché de rousseur, célibataire depuis peu cherche partenaire pour relation surtout pas sérieuse.
Il a même pris une photo de moi en train de lire l'histoire de Mireille !
Je vais le tuer. Je l'imagine en train de se gausser avec son homme de ménage.
Un type apparaît sur mon écran, barbe de trois jours, lunettes à la John Lennon. *Romuald, 23 ans, journaliste.*
Un journaliste... C'est pour ça, la barbe de trois jours. Il a pas le temps de se raser, trop occupé à courir le monde. C'est un homme d'action ! On pourra parler Kessel, Jules Verne, Indiana Jones, il m'emmènera en reportage en Alaska, je l'aiderai à écrire un guide de survie, on construira des cabanes en boue et on mangera des fourmis.
Je clique sur le petit cœur, à droite.

Un écran s'ouvre, nos deux photos de profil se fondent en une seule. *It's a match!* Une bulle de discussion s'ouvre.
Sex friends?
Pas question ! Je quitte la conversation.
Les élèves grattent leurs copies, les stylos dansent.
Un texto de Théo surgit : *Fais ton marché, Ella ! It's a match !*
Retour sur l'écran Tinder. Une autre photo apparaît.
En gros plan : Vincent Tartanguer, le professeur de chimie, il porte un anneau à l'oreille pour se rajeunir et des lunettes de soleil Ray-Ban.
La photo est coupée pour qu'on ne remarque pas sa calvitie naissante. J'appuie sur tous les boutons pour chasser l'image.
J'envoie un SMS à Théo :
Pourquoi mon collègue de 50 ans vient d'apparaître sur MON portable ?
J'ai chaud, pourvu qu'il ne soit pas tombé sur mon profil ! Mon téléphone vibre, je me penche sur la réponse de Théo :
C'est géolocalisé ! T'es pas la seule à draguer pendant les cours et ton collègue cherche des petites jeunes apparemment !
J'éteins mon téléphone, passe dans les rangs.
– Madame, comment ça s'écrit « toboggan » ? lance Elias.
Rayan pose les deux mains sur sa table, épelle :

– T.O.B.O.G.A.N.T.
– N'importe quoi ! Y'a pas de *t* ! râle Shaïma.
Rayan se dresse, menaçant :
– D'où y'a pas de *t* ? Qu'est-ce que t'en sais, toi, t'en as déjà fait du toboggan ?
– Ben ouais, et même à l'Aquaboulevard, avec ma mère, et ça s'écrit sans *t* !
Je tends *Le Petit Robert* à Elias.
– Cherche dans le dictionnaire.
Elias tourne les pages en se mordant les lèvres et annonce :
– Y'a pas de *t* à la fin.
– Ah, tu vois ! crie Shaïma à Rayan. Même le dictionnaire il dit que j'ai raison !

14

Dans le métro, je parcours les copies des élèves. « Sur la cinquième planète, un professeur corijais des copie au rouge et barrai les fautes san s'arrêté. Elle n'avais aucune pitié. Elle ne voyais pas que les élèves ne faisais pas essprè et qu'elle arrétai leurs imagination. »
Je suspends mon stylo rouge.
Je me demande vraiment pourquoi je suis professeur de français, je ne sers à rien. J'ai couvert la copie de rouge, Rayan ne comprendra rien à ses fautes.
Je me console avec la copie de Basile.
« Le Petit Prince arrive sur la planète du mangeur de harengs, il sort une grande pipe de son sac et réduit en poudre le poisson, qu'il fume sans crier gare. Des grands cercles de fumée grise et argentée sortent de la pipe, forment d'autres poissons, des poissons qui courent, des poissons qui mangent les mouettes, des poissons qui éteignent le soleil, des poissons qui rentrent dans les oreilles du Petit Prince et lui chantent la musique de la mer et du corail. Fin. »

La consigne du dispositif ULIS, c'est de ne pas mettre de notes à Basile, je dessine des points d'exclamation qui forment un 20. « Bravo, Basile, meilleur devoir de la classe. »
Je prends la copie d'Elias.
« Sur la cinquième planète, le Petit Prince rencontra un enfant aux cheveux blonds comme lui. Il lisait *Le Petit Prince* d'Antoine de Saint-Exupéry.
– Que lis-tu ? lui demanda le Petit Prince.
– Le livre d'un homme qui aurait mieux fait de rester dessinateur. Il a un style épouvantable, répondit l'enfant. »
Je ferme ma trousse, range mes copies. Je n'ai plus envie de corriger, je n'ai plus envie d'être prof, j'ai beau savoir que l'orthographe c'est important et que Saint-Exupéry a tellement de style qu'on a fait un billet de cinquante francs à son image, je me sens vieille et inutile.

Je passe devant le bistrot La Maison. Farid lève son chapeau.
– Tu prends un verre, voisine ?
– Oui.
– Pas d'amoureux transi ce soir ?
– Plus d'amoureux du tout, Farid !
– Allez, viens boire un coup, ma chérie !
Je m'installe au bar. Il me sert un rhum « avec plein de sucre au fond pour que ça croque ».

— Alors, t'es célibataire ? C'est Aziz qui va être content.

Aziz, c'est le cousin de Farid. Il me met toujours double ration de pistaches.

— Je veux plus de mec. Et de toute façon, je vais déménager, Belleville c'est trop cher.

— Faut que tu trouves un amoureux, ma gazelle. Allez, bois un coup, t'es toute déshydratée.

— Je me sens seule et paumée.

— Tu sais ce qu'on dit chez nous quand on perd le nord ?

— Non, mais je veux bien une formule magique.

— *Mektoub* !

— Ça veut dire quoi ?

— Ça veut dire «destin» ! Tout est écrit, tout va s'arranger. Le bonheur, c'est de tendre la main. Souris et Dieu, il va te sourire.

— Tu crois en Dieu, toi ?

— Bien sûr je crois en Dieu, pourquoi tu crois que c'est plein tous les soirs ici ?

Le bar est vide, seuls deux types aux oreilles percées d'énormes écarteurs se regardent sans prononcer un mot. De temps en temps, le plus âgé en treillis gris caresse la crête de l'autre sans un sourire.

— Tu parles d'une clientèle !

— Ça va se remplir, *mektoub* !

Je remercie Farid, monte chez moi, m'affale dans le canapé rouge et ouvre Tinder.

C'EST OÙ, LE NORD ?

Le destin, ça se provoque. *Mektoub*, si je veux.
Klaus va mieux depuis que j'ai changé son eau et acheté un nouvel aquarium chez Truffaut, rectangulaire, avec un petit filtre. Il est devenu un vrai combattant et nage un crawl olympique ; je me penche sur lui et chuchote :
– Je suis responsable de toi, petit poisson.
Klaus me regarde, suspicieux.
– Tu veux un profil Tinder, toi aussi ?
Je prends une photo de mon poisson.
Klaus, 18 ans, cherche jeune fille pour arrêter de tourner en rond.
Je lui montre le téléphone.
– T'en penses quoi ?
Il s'arrête de nager une seconde, fait le tour d'un santon et un petit salto arrière. C'est bon signe.

15

Un camion de pompiers ronronne devant la grille verte du collège.

Des types en uniforme poussent un brancard recouvert d'un drap blanc, une voiture de police, sirène hurlante, déboule dans la rue et se gare en un créneau à la James Bond.

Julien fait rentrer les élèves.

Une main me tire la manche.

– Madame, c'est vrai que M. Tartanguer s'est suicidé ?

C'est Elias qui m'annonce la nouvelle, la bouche entrouverte ; le duvet sombre au-dessus de sa lèvre tremblote. La dernière fois que j'ai vu Vincent, c'était sur Tinder, j'aurais peut-être dû liker son profil…

– Suis-moi.

Je réagis en robot. Je flotte sur le bitume. Un professeur ne peut pas être mort. Ce n'est pas dans nos fonctions, on n'a pas signé pour ça. Dans la cour, les élèves sont en rang, le silence m'écrase. Annick Caroulle m'interpelle :

— C'est Vincent. Ils l'ont retrouvé mort dans le labo de chimie, il a vidé un bidon de soude d'un trait ! Comme un bon cognac. J'ose même pas imaginer l'état de sa vésicule biliaire, en comparaison ma petite Lulu, c'est du béton...
— On fait quoi avec les élèves ? je coupe.
— On fait cours, on ne dit rien, on ne sait rien. Directive du chef d'établissement.
Quand quelque chose de terrible arrive, on peut compter sur la mécanique. Je fais entrer les élèves dans la classe. Trois par trois au tableau, ils récitent le poème de Prévert, s'écoutent, soufflent les vers à Rayan quand il bute sur une rime, font signe à Enzo de ralentir, applaudissent Basile qui mime le soleil et l'escargot.
À la fin de l'heure, ils sortent sans bruit. J'efface le tableau. Joëlle Singer entre dans la salle. Elle porte un trench impeccable et semble elle-même sortie du pressing, blanche, éteinte. Elle s'essuie les yeux avec un mouchoir de batiste.
— Il est mort. Le directeur vient de m'appeler.
Elle me prend la brosse du tableau des mains.
— Tu peux vider son casier, s'il te plaît ? Je n'ai pas la force.
J'acquiesce et lui pose la main sur l'épaule.
— Je suis vraiment désolée, je sais que vous étiez très proches...
Elle s'effondre dans mes bras, son odeur de musc et

de naphtaline me monte au cerveau. Elle était vraiment amoureuse. Elle se reprend, écarlate.
— Tu sais pourquoi il a fait ça ? je coupe.
— Oh, Ella... Les voies du Seigneur.

Je ne sais pas quoi dire, pour moi Vincent était surtout un mec lubrique et sombre. Il surfait sur Tinder, flirtait avec les élèves dans les couloirs, traînait Joëlle dans les concerts de rock...

Ça, c'est sûr, Dieu, je ne le comprends pas toujours.

En salle des professeurs, chacun y va de son petit commentaire. C'était un homme tellement gentil. Et souriant avec ça... Qu'est-ce qui lui a pris ? Avaler de la soude... Pourquoi il a fait ça dans le collège ?

Pourquoi il n'a pas fait ça chez lui, dans son appartement. Ça aurait été plus discret, quand même...

J'ouvre son casier. Il est rempli de manuels et de paquets de copies. Je range le tout dans un carton. Une petite boîte en plastique est cachée derrière un missel, je la prends, l'ouvre, agrippe le dossier d'une chaise pour ne pas tomber.

— Ça va, blondinette ? T'es toute pâle, dit Annick, plongée dans *Santé Magazine*, «La chrono-nutrition ciblée : ventre plat».

À l'intérieur de la boîte repose un santon bien patiné : un bonhomme en gilet rouge et rapiécé. Une bretelle pend derrière son dos, il tient un gros poisson et une bouteille de vin à bout de bras. Celui-là n'est pas blessé, aucune trace de mutilation. Je le range dans mon cartable. Je dois assurer une deuxième heure avec mes 6ᵉ.

J'écris au feutre noir sur le tableau. « Séance 6 : La rose du Petit Prince. »
Je lis le chapitre : la rose jalouse, la rose capricieuse, le Petit Prince amoureux. Les élèves suivent du doigt les lignes du roman. Je referme le livre.
– Trouvez des adjectifs qui qualifient la rose.
Zoé lève la main.
– Elle est belle et égoïste.
Claire ajoute :
– Elle est éphémère.
– Elle a toujours des mots compliqués, celle-là ! Ça veut dire quoi « éphémère », madame ? demande Jean-Roger.
– Ça veut dire « qui ne dure pas longtemps ». C'est pour cela que le Petit Prince est si inquiet pour sa rose, explique Elias sur un ton de conférencier.
– Mon cochon d'Inde aussi, il était éphémère, dit Rayan. Il était gelé comme un Mr. Freeze et on l'a donné à bouffer aux vipères de mon oncle.
– Manger, pas bouffer, je corrige. Quelqu'un peut me donner un autre exemple de quelque chose d'éphémère ? Basile ?

Il mâchonne son stylo, colore ses lèvres d'encre verte, plisse les yeux, se concentre et répond :

– Les petites tortues qui viennent juste de naître. Elles sortent de leurs œufs sur la plage et ces satanées mouettes les dévorent comme de vulgaires morceaux de pain !

Augustin lève la main, radieux. Il ne participe jamais, silencieux et tapi au fond de la salle, c'est la première fois que je le vois sourire.

– J'ai compris, madame ! La rose est éphémère comme le cochon d'Inde, les tortues et M. Tartanguer !

II

Le printemps

1

Trois mois ont passé depuis la mort de Vincent Tartanguer. J'ai déménagé dans une chambre de bonne sur le boulevard de la Villette avec Klaus et les santons. Je n'en ai pas reçu de nouveau depuis celui trouvé dans le casier de Vincent Tartanguer.

Au bistrot La Maison, Lou me parle de son nouveau mec, un rugbyman qu'elle a rencontré lors d'un casting pour de la mousse à raser.

– C'est violent au pieu. Il me démonte en deux secondes comme une tente Quechua. J'adore ça.

Elle croque une rondelle de carotte au cumin.

– Le seul problème, c'est mon voisin du dessous. Il est passé prendre les mesures de mon lit.

– Pour quoi faire ?

– Il veut m'acheter un sommier moins bruyant.

– Il est gonflé.

– Un lit neuf, ça se refuse pas !

Je plante ma fourchette dans une cuisse de poulet.

– On va à une soirée dimanche. Ça s'appelle Kidnapping. C'est une soirée lesbienne. Tu veux venir ?

D'après Lou, les seules soirées valables à Paris sont les soirées gays : la musique est pointue, les mecs pas collants, et les quelques hétéros qui y vont ont très bon goût.

– Ma petite sœur passe le week-end chez moi.
– Emmène-la, j'aimerais bien la rencontrer.
– Elle est à peine majeure, je suis pas sûre de vouloir te la présenter.

Lou se vexe.

– Je suis hyper saine comme fille, j'aime Bouddha et les carottes.

Elle aime aussi les mecs qui plient les filles comme des tentes.

– On verra, j'ai plein de cours à préparer.
– Moi, si j'étais prof, le week-end et les vacances j'en branlerais pas une.

Je fais signe à Farid de nous apporter l'addition.

– Je te fais cinquante pour cent si tu me donnes le numéro de ta mère, dit Farid.

Depuis que je lui ai montré une photo de maman sur Facebook, il est amoureux.

Lou s'esclaffe.

– Vas-y, Ella ! Qu'est-ce que t'attends ?
– T'es malade ? Elle serait capable d'emménager à Paris !

– Allez quoi, Farid, c'est un bon parti. Son bar cartonne et il en ouvre un autre l'an prochain.
Elle a raison, et puis ça ne lui ferait pas de mal à ma mère de rencontrer quelqu'un de gentil.
Je tends mon téléphone à Farid.
– Cherche à «maman». Et sois pas salaud, hein! Elle a connu assez de tordus, elle mérite un prince charmant.
– Ta mère, elle ressemble à mon amour perdu, jamais de ma vie je lui brise le cœur, c'est une femme à décorer d'étoiles.
Lou soupire.
– Y'a un mois tu voulais épouser la mienne, de mère, fais pas ton sentimental.
– Vous avez aucune poésie, les filles, c'est à force de tomber sur des analphabètes, ça.
– Analphabètes? T'as avalé un dictionnaire ou quoi? s'étonne Lou.
– Non, je lis Montesquieu. Tu connais?
– OK, Farid, je dis, épouse ma mère. Cadeau.
– Pas de chameaux?
– Pas de chameaux.
On se tape dans la main, il me sert une bière, j'en bois une gorgée. Je n'ai pas envie de m'enfermer dans ma chambre de bonne avec mon poisson et ses camarades.
– On reste un peu?
Lou acquiesce et commande des shots. Le bar se remplit, Farid monte le son. Lou me tire au milieu de la salle pour danser. Je refuse et reste perchée sur mon

tabouret. Les heures, les chansons et les verres de vin défilent. Lou tourbillonne, ondule, se colle contre moi, prend ma tête entre ses mains et pose ses lèvres sur les miennes. Sa bouche est fine, chaude. Elle me mordille la lèvre, je frissonne.
 J'ai jamais embrassé une fille. Je me dégage brusquement.
 – T'es vraiment con, toi !
 Elle s'écarte.
 – C'est pour te décoincer ! On dirait que t'as avalé un frigo.
 Je pêche un mec au hasard. On danse un rock stupide sur un remix de *Kiss Kiss*, de Tarkan. À chaque «*Kiss Kiss*» je croise le regard de Lou qui mime des baisers brûlants. Je ferme les yeux. Le garçon a les cheveux bouclés, j'y passe la main. C'est doux comme un petit mouton.
 Je l'entraîne chez moi. On monte les escaliers en courant. Au troisième étage, il m'embrasse, il y met trop de dents et de langue, on entre chez moi, il se cogne contre mon micro-ondes, balance ses baskets dans mon évier, me jette sur le lit.
 Parfait. Moi aussi je veux être «démontée en deux secondes, comme une tente».
 Il plaque mes épaules sur l'oreiller, coince mes jambes entre les siennes, agrippe mes cheveux.
 Il bat des cils et murmure d'une voix qui dégouline :
 – T'es vraiment trop choupi, toi.

C'EST OÙ, LE NORD ?

Une légère nausée me prend à la gorge. La pleine lune éclaire ses jambes trop poilues. Je me redresse. Il a gardé ses chaussettes de sport. Je le repousse des deux mains.
– Faut que je nourrisse Klaus !
– Quoi ?
Je bondis hors du lit.
– Mon poisson rouge ! J'ai oublié de lui donner à manger.
Le type se relève sur les genoux. Son sexe pend entre ses cuisses maigres et blanches. Vexé, il tire sur la capote, la balance dans l'aquarium, enfile son jean, sa chemise et claque la porte de ma chambre.

2

L'horloge de la gare du Nord indique 10 h 27 ; des heures, des villes, des chiffres défilent sur le tableau des arrivées. On entend un dernier appel pour l'Eurostar. Un homme en marcel blanc joue un air de Lady Gaga sur le piano en libre accès. Des voyageurs pédalent sur des vélos électriques pour recharger leurs batteries de téléphone.

Une large capeline bleu ciel chaloupe au-dessus de la foule. Je reconnais le chapeau de Julie. Elle m'aperçoit et court, sa valise rose cahote derrière elle.

Elle appuie sur mon nez pour vérifier que le cartilage n'a pas poussé depuis la dernière fois. J'enroule une de ses boucles sautillantes autour de mon index. Je pourrais les compter, pas une ne manquerait à l'appel.

– Tu pues l'alcool, Ella.
– Moi aussi, je suis contente de te voir...
– Oh allez ! Tu sais bien que je t'aime.

Je lui donne un ticket de métro.

– Tu veux faire quoi ?

Elle rougit.
– Je voudrais revoir Georges.

Devant l'enclos des grands singes du Jardin des Plantes, Julie avance vers la cage de Georges, le gorille. Il semble l'attendre, les deux poings posés sur le sol.
Julie lève le bras, Georges l'imite. Je m'assieds sur le banc de pierre en face d'eux. Julie se retourne, se mord les lèvres, excitée.
– Il m'a reconnue !
Elle plaque ses deux mains sur la cage en verre, le singe donne un coup de poing sur la vitre. Elle montre les dents, Georges montre les siennes.
– T'as déjà embrassé une fille, toi ? je demande.
– Une fois. Lisa, au bal des terminales.
Lisa est sa meilleure amie depuis la maternelle. Ça compte pas.
Elle brandit une branche devant elle, la fait tourner autour de ses doigts comme une majorette, esquisse un entrechat. Le gorille se retourne et se gratte le cul.
– Bah alors Julie ? Qu'est-ce que t'attends ?
Elle ouvre la bouche, horrifiée, tourne le dos à Georges qui tend les bras pour l'enlacer et s'écrase les naseaux sur la vitre.
Julie s'assied.
– Quoi de neuf à Dunkerque ?
– *Same old same...*

J'allume une cigarette et joue avec la molette du briquet. Georges tente le tout pour le tout et fait une roulade arrière.

Julie détourne le regard.

– T'as croisé Victor ? j'interroge.

– Oui. Le week-end dernier, au Cactus.

Elle vole ma cigarette, tire une bouffée, se redresse et plante ses yeux dans les miens.

– Tu veux savoir comment il va, hein ?

Je veux savoir s'il porte toujours les mêmes Reebok pourries, s'il s'est enfin inscrit au diplôme de skipper, s'il est bien payé à Dunkerque, si sa barbe a poussé.

– Oui, dis-moi.

– Il était avec une fille.

Celle-là, je ne l'attendais pas. Une boule de coton gonfle entre mes côtes.

– Je suis heureuse qu'il aille bien...

– Mais tu aurais voulu qu'il aille mal.

J'ai envie de pleurer. Julie a raison.

– Elle était comment, cette fille ? je demande en me mordant l'intérieur de la bouche.

Ma petite sœur me sourit.

– Elle était grosse.

Le soir, Julie fait le tour de la chambre de bonne en trois enjambées. Elle donne des petits coups avec son doigt replié contre le bocal de Klaus.

– Poisson sans nageoire, santons sans tête ni bras... C'est un véritable hôpital, cet aquarium !

Elle caresse le poster de Vanessa Paradis, soupèse mon dictionnaire, replie un pull sur mon étagère, compte les photos d'identité qui entourent mon miroir. Théo, Julie, Lou, maman, papa, Mamie Colette. Ils sont tous là.

Julie fronce les sourcils.

– Même Victor.

Elle ouvre la fenêtre, décolle la photo, la jette par-dessus la rambarde. Je fonce sur elle. Trop tard, le rectangle blanc tombe en virevoltant comme une feuille morte. Le cliché rejoint les vieux chewing-gums collés au bitume, six étages plus bas.

– T'as d'autres trucs à lui ?
– Oui et alors ?
– Ça fait combien de temps que vous êtes plus ensemble ?
– Trois mois.
– Tu jettes tout. Y'a prescription.

Elle a encore raison. Je vis dans neuf mètres carrés avec un poisson et une colonie de santons, il est temps de faire du vide.

J'ouvre la grosse valise cachée sous mon clic-clac.

Julie déploie un sac-poubelle cent litres et balance des magazines de surf, un t-shirt Quicksilver, une paire de pantoufles. Elle brandit un déodorant AXE et prend un air désespéré.

– Klaus aurait donc des petits problèmes de transpiration ?
– J'allais pas balancer un déo neuf !
– Poubelle !
Elle ouvre la porte blindée et dépose le sac bedonnant dans le couloir.
On le descendra demain matin. Je sors du frigo la bouteille de champagne que j'ai gagnée à la loterie que les 5e ont organisée pour leur voyage au ski.
– Qu'est-ce qu'on fête ? elle demande.
– La poubelle.
– Alors à la poubelle, à Victor et à sa grosse !

3

On se réveille tête-bêche. Mes cheveux s'accrochent aux chaussettes en pilou de ma petite sœur. Elle dort encore, le pouce dans la bouche. Les vernis acides et les menaces d'appareils dentaires ont échoué, elle suce encore son pouce. Ses longs cils touchent ses joues.
Le sifflement de la bouilloire la réveille.
Elle s'assied sur le bord du lit, pose ses pieds aux ongles corail sur le parquet, les agite un peu.
– On va à Orsay ?
– Encore ?
Un week-end avec Julie, c'est un vrai triathlon, courir toutes les expos, voir tous les films, essayer toutes les lignes du métro.

Ma sœur, carnet dans une main, stylo dans l'autre, prend des notes sur les sculptures de l'allée centrale du musée d'Orsay.
– C'est éblouissant, non ?

C'EST OÙ, LE NORD ?

On entre dans la salle consacrée à l'exposition sur l'Angleterre d'Oscar Wilde.

Les gens se pressent devant les lys élancés, les bijoux en plumes de paon, les phrases de l'Irlandais posées sur les murs violets.

Julie s'arrête devant un petit tableau noir et blanc. Une harpie tient la tête d'un homme dans les mains.

– C'est éblouissant, elle répète.

– Tu serais pas un peu amoureuse, toi, à être éblouie tout le temps ?

Elle retient un sourire. D'un bond, je me plante devant elle.

Ça perce de partout. Des petits trous dans les commissures de ses lèvres, de ses narines qui palpitent, de ses cils qui battent l'air...

– T'es complètement grillée, ma vieille ! C'est qui ?

– Je suis pas amoureuse.

Je sais comment la faire parler.

– Il aime lire ?

– Il lit tout le temps ! Surtout des romans policiers, il est brésilien, il a les yeux vairons et les cheveux longs. Quand il me prend dans ses bras, j'avale des nuages.

– Pas amoureuse du tout...

– Lâche-moi un peu...

Elle pointe du doigt l'énorme horloge dorée du musée.

– Éblouissante ? je propose.

Je prends la main de ma petite sœur et tourne la

bague autour de son index. C'est un gros oiseau en argent sur le point d'entonner une cantate. Julie pousse un long soupir.

— Ella, tu crois que maman nous aime ?

Le soleil donne à la tache de naissance sous son œil une couleur ambrée. Je saisis Julie par les épaules, enfonce mon regard dans le sien.

— Oui. Elle ne sait pas très bien s'y prendre, c'est tout.

Ma sœur s'essuie le nez et les yeux avec la manche de sa veste en jean. Elle respire un grand coup.

— Toi et moi, on s'aime pour la vie, elle dit en me serrant dans ses bras.

— J'ai pas tellement le choix...

— Quand tu seras vieille et vieille fille, tu seras bien contente que je pousse ton fauteuil au marché de Bergues.

4

Julie est rentrée à Dunkerque. Elle a laissé un post-it sur mon miroir, une parole de Vanessa Paradis : « Si tu fais pas gaffe à toi, prends garde à moi. » Je l'ai glissé dans ma poche.
Je jette un œil au tableau de liège de la salle des professeurs. L'avis de décès de Vincent Tartanguer est recouvert par les annonces des conseils de classe.
Joëlle Singer porte un gilet blanc cassé cousu de petits pompons roses.
– Ça va, Joëlle ?
Elle répond, désabusée, grise.
– Je viens de passer chez le poissonnier, mes moules sont prêtes…
– Pardon ?
– Mes moules, elles ovulent… Je vais pouvoir les disséquer avec les 6e.
– Ça a pas l'air de t'amuser beaucoup…
– J'ai plus le goût à rien, ça n'intéresse plus personne, avant j'aurais pu partager ça avec Vincent.

Elle récupère dans son casier un cahier décoré de deux chats dans un couffin rose et sort de la salle.
Annick sirote un café moka. Le liquide passe entre ses incisives avec un petit bruit de ruisseau.
Elle se lève et tangue jusqu'à la photocopieuse en se tenant les hanches.
– Oh, ma Lulu, je morfle aujourd'hui...
La photocopieuse pousse un gémissement strident et s'éteint.
Annick l'enlace, la secoue pour qu'elle redémarre. Ses fesses tremblent comme un gros flan.
Elle pousse un long soupir.
– C'est moche de vieillir, blondinette.

Un tintamarre de flûtes à bec s'élève de la salle de classe. Le lundi, avant le français, c'est musique pour les 6ᵉ D.
J'entre, le concerto s'arrête.
Rayan chante *La Marseillaise*, la main droite sur le cœur.
Elias bat la mesure avec son stylo. Mattéo mime un soldat égorgeant nos fils et nos compagnes. Zoé se brosse les cheveux en observant la scène.
– Interrogation écrite, je lance en entrant.
Rayan se désarticule et s'effondre sur sa chaise, Mattéo gonfle les joues et écarquille les yeux. Claire range

Les Mémoires et Lettres de Madame de Maintenon et sort son stylo Montblanc.
Elias se lève.
– C'était prévu ça, madame ?
– Non, mais c'est comme ça.
Je n'ai pas envie de crier, je veux qu'ils se taisent et qu'ils travaillent.
Rayan lève la main. La dernière fois que je l'ai envoyé au tableau pour conjuguer un verbe, il a choisi « sucer ». Il avance vers mon bureau.
– Rayan, tu t'assieds.
– Mais je dois vous dire un truc !
Il sort de sa poche une copie double pliée et scotchée.
– J'ai trouvé ça pour vous derrière la chasse d'eau.
Sur le papier froissé est écrit, en lettres rondes et attachées : « Mme Beaulieu ».
– Tu l'as ouvert ?
Il me regarde comme si je lui avais annoncé que McDo déposait le bilan.
– Je vous respecte, madame, j'ouvre pas votre courrier !
Je prends le paquet, le tâte et le laisse tomber dans mon sac. Encore un santon.
J'envoie un SMS à Théo : *Alerte santon. Je peux passer ce soir ?*

C'EST OÙ, LE NORD ?

Théo fait tourner le nouveau santon entre le pouce et l'index. C'est un Roi mage cul-de-jatte.
– Tu dis qu'il a trouvé ça derrière les chiottes ?
J'acquiesce.
– C'est flippant, ton histoire. Faut que t'en parles aux flics.
– Je leur dis quoi ? Que je suis poursuivie par une armée de santons handicapés ? Tu crois pas qu'ils ont autre chose à faire en ce moment ?
Il ouvre une bouteille de vin et jette un œil sur son téléphone qui vibre sur la table.
– Encore un Russe ? je demande.
– Un Hongrois.
– Tu l'as trouvé sur Tinder ?
– J'ai arrêté Tinder ! Y'a que des fous du cul. J'ai trouvé l'amour à la chorale des Buttes-Chaumont.
– Depuis quand tu chantes, toi ?
– Je chante pas, je drague. C'est un repaire de beaux mecs... Nikola est soprano et il a une queue splendide.
Il remplit un verre de vin et me le tend.
– Et toi ? Tu baises, j'espère ?
– Je vis une histoire d'amour torride avec mon poisson rouge.
Il grimace, reprend le santon et s'assied sur son tapis persan.
– Tu penses à personne de bizarre dans ton collège ?
– Ils sont tous un peu bizarres.
– Reprenons, un berger sans tête, un agneau blessé,

143

un bœuf décorné, Mireille et Vincent décapités, un Roi mage cul-de-jatte...
— Sans compter celui que j'ai trouvé dans le casier de Tartanguer.
— Il est où ?
— Chez moi, dans mon manteau.
— Blessé ?
— Pas une égratignure. C'est un ivrogne qui porte un poisson et une bouteille.
— Tu connais personne qui pourrait mener l'enquête ? Un fan de crèche ?
— Ma grand-mère, je pourrais lui envoyer un e-mail.
— Ta grand-mère ? Un e-mail ? Elle a quel âge ?
— Quatre-vingt-trois ans !
— Et elle sait se servir d'Internet ?
— Elle maîtrise le Scrabble en ligne, Facebook, Meetic...
— Écris-lui. Ça vaut le coup d'essayer.
Il me tend son ordinateur.
— T'as le dernier Mac, toi ? Il coûte une blinde !
— C'est un cadeau.
— De ta mère ?
— Non. T'occupe. Tu l'envoies, ton e-mail ?
Je m'exécute.

Salut mamie !
J'ai reçu des santons d'un anonyme au collège : un berger, un agneau, un bœuf, Mireille et Vincent, un Roi

mage... Ils sont tous amputés, mutilés, ont des taches de sang, des jambes en moins... Et j'en ai trouvé un autre, intact celui-là, il porte une vareuse rouge, un poisson et une bouteille de vin.
   Tu t'y connais un peu en santons ? Leur origine, leur symbolique ? Y'a des santons handicapés dans la Bible ?
   Je t'embrasse et je t'aime,
   Ella

   Le lendemain quand j'entre en classe, les élèves sont au garde-à-vous derrière leurs tables.
   – Qui veut lire sa rédaction ?
   Je leur ai donné le sujet : « Si j'étais un personnage de conte de fées. »
   Kelly lève la main. Elle porte une tunique à pois sur des collants en laine. Elle a grandi depuis la rentrée. Elle règne sur les filles de la classe selon la règle n° 1 de la puberté : la première qui a des seins gouverne.
   Debout devant le tableau, cambrée, la main sur la hanche, elle ouvre sa copie couverte de lettres bleu turquoise.
   « Si j'étais un personnage de conte, je serais Blanche-Neige. Je vivrais avec les Sept Nains. Il y en aurait un qui ferait le ménage, un autre qui préparerait des sandwichs, des nems, des pizzas, un autre qui irait travailler dans les mines d'or pour faire de moi une femme très riche, un autre qui me jouerait de la musique, un autre qui me vernirait les doigts de pied, un qui me masserait

les épaules et le dernier serait lui aussi mon esclave. J'habiterais dans une petite maison de campagne toute seule avec eux. Ils seraient tellement tous à mes ordres qu'ils en perdraient la tête, entièrement. Ils ne sauraient vraiment pas à qui ils auraient affaire et me feraient tout ça à volonté. »

Elle balaie la classe d'un battement de cils, ferme la copie et se rassied, souriante et droite sur sa chaise.

Rayan pousse sur ses Air Jordan et se cale au fond de sa chaise.

– Elle se la pète trop…
– C'est une très bonne rédaction, Kelly, je coupe.
– Il a raison, Rayan, rétorque Augustin. Kelly, c'est une salope. Les femmes, c'est toutes des putes, elles font n'importe quoi.

Kelly jette sa trousse sur Augustin.

– Ta gueule ! C'est ta sœur la salope !
– Sors de cette salle, je dis le plus calmement possible.

Augustin tape des deux poings sur sa table, sa cicatrice brille sur son visage furieux.

– Tu parles pas de ma sœur ! il hurle. Tu la connais même pas !

J'ouvre la porte de la classe et tends le bras.

– Augustin, dehors ! Je le répéterai pas !

Il renverse sa chaise qui tombe sur le carrelage avec fracas et sort de la salle en passant l'index d'une oreille

à l'autre, dessine un grand sourire, les yeux dans ceux de Kelly, hébétée, en larmes.
Elias lui tend son mouchoir en tissu taché d'encre. Il explique à voix basse :
– T'inquiète pas, c'est parce qu'il est en colère, on traite pas les mères, on traite pas les sœurs. Mais il te fera pas le sourire de l'ange.
Les élèves, médusés, attendent ma réaction. J'ouvre le manuel au hasard et propose un exercice à l'oral pour chasser l'écho des cris d'Augustin.
– Pensez-vous qu'on puisse comparer les animaux aux hommes ? je demande.
Claire se redresse, elle ne peut pas résister à une bonne réponse. Je l'interroge.
Sa voix tremble, un peu plus aiguë que d'ordinaire :
– Oui, ils ont des sentiments, comme nous, je l'ai lu dans *Les Émotions des animaux*.
– Très bien, Claire ! Je souris. On va travailler sur la comparaison ! Complétez mes phrases avec des noms d'animaux. Pour voir sans être vus vous seriez...
– Une souris ! Dans un petit trou ! crie Mattéo.
– Bravo ! On continue ! Pour dormir au coin du feu vous seriez...
J'ai l'impression d'être Nagui. Les élèves lèvent la main par dizaines, c'est comme autant de pochettes-surprises à ouvrir.
– Un chat !
– Un chien !

– Bravo ! Vous avez compris ! Et si vous deviez résister à la canicule ?
Ils ne trouvent pas, je les aide.
– Un ch…
Shaïma lève haut le bras.
– Un shampooing, madame !
– Pourquoi un shampooing ?
Elle se frotte le crâne avec vigueur.
– Ben, pour les canicules ! Comme Head&Shoulders !
La classe part d'un grand rire, Shaïma, désemparée, arrondit les yeux et la bouche, tout son visage forme un 0.
– Ben quoi ?
L'horloge marque la demie, c'est la fin du cours.
– Les autres t'expliqueront. Vous pouvez sortir !
Kelly passe devant moi, je l'arrête.
– C'est quoi cette histoire de sourire de l'ange ? Pourquoi Elias parle de ça ?
– C'est Augustin, il dit qu'il le fera à tous les traîtres.

Je rejoins Augustin devant le bureau de Julien. Il attend son tour, assis sur les sandales de la statue de la Vierge Marie sainte et pure. Je m'accroupis, des rides de colère plissent entre ses sourcils.
– Qu'est-ce qui t'arrive, en ce moment ? T'es en guerre contre tout le monde.

C'EST OÙ, LE NORD ?

Il lève le menton, se mord l'intérieur des joues, ses yeux jouent à cache-cache avec les miens, il n'est pas sûr de pouvoir me faire confiance.
– Je ne peux pas laisser passer ça, tu comprends ?
Il hausse les épaules, croise les bras.
– Il faudra que tu t'excuses, Kelly est très blessée.
– Pardon, il bougonne.
– C'est pas à moi que tu dois des excuses. Tu vas avoir un avertissement.
Il essuie ses larmes et sa morve avec la manche de son sweat.
– Ça m'est égal.
– Et tes parents, ça leur est égal, peut-être ?
Augustin hausse les épaules.
– Mon père est parti et ma mère, elle dort tout le temps à cause de sa dépression.
J'ai envie de le prendre dans mes bras.
– Ta sœur, elle s'appelle comment ?
– Lola.
– Elle est élève ici ?
– Elle s'est fait virer.
Son regard me glace.
– Ça sert à rien de faire semblant de vous intéresser à elle ou à moi.
Julien sort du bureau de la vie scolaire et se penche sur Augustin.
– Alors mon vieux ? Qu'est-ce qui se passe ?

Il m'adresse un clin d'œil et entraîne Augustin derrière lui.

Ce soir, c'est le conseil de classe, je rejoins mes collègues dans le bureau du directeur.
Des chaises sont disposées tout autour de son bureau. Il préside derrière la rangée de sa collection de cactus, engoncé dans une chemisette jaune curry. Son front luit de sueur. Les professeurs rangent leurs portables et sortent leurs cahiers de notes. Les deux mères d'élèves chuchotent. Elias porte une cravate pour l'occasion, il a hurlé de joie en apprenant que le délégué principal, Martin, était grippé et que c'était lui qui avait été choisi pour le remplacer. Claire lisse le col d'un chemisier blanc impeccable.
Le directeur ouvre la séance.
– Bonsoir, bienvenue au conseil de classe des 6e D. Je voudrais que nous ayons une pensée pour Vincent Tartanguer qui nous a quittés au trimestre dernier, il dit en désignant la chaise vide en face de lui. Je propose une minute de silence.
Le temps de recueillement s'étire, les mains se tordent, les regards font le tour de la salle. Elias toussote, regarde l'horloge avec insistance.
– Ça y est... soixante secondes, ça fait une minute.
Le directeur reprend :
– Nous ne lui avons toujours pas trouvé de rempla-

çant, Mlle Singer assume ses cours pour le moment, mais la situation ne pourra pas durer, n'hésitez pas à en parler autour de vous.

Joëlle étouffe un sanglot dans le cardigan rouge de Vincent qu'elle porte en écharpe depuis sa mort.

Elias pouffe de rire. Claire lui donne un coup de coude dans les côtes et s'incline, obséquieuse.

– Commençons par le premier élève de la liste, Augustin, reprend le directeur. Je propose un avertissement pour comportement.

L'ensemble des professeurs lève la main pour voter oui.

– Mon fils m'a rapporté les insultes qu'il a proférées cet après-midi, vous ne pouvez pas le renvoyer plutôt ?

La mère de Germain, droite sur sa chaise, joue avec une médaille de la Vierge qui rebondit entre ses seins.

– Ouvrez les yeux ! C'est une équipe de psys qu'il lui faut... Pas de profs !

– Au premier trimestre, il ne bougeait pas... Je pense qu'il traverse une mauvaise passe, je dis.

Claire lève la main. Sa voix tremble un peu :

– Il a des problèmes familiaux. J'étais avec lui en primaire, il était toujours sage, il s'occupe de tout chez lui, il est fatigué, son père est parti et sa mère, elle fait une dépression.

– Quelle famille ! commente la mère de Germain. Ce n'est pas sa sœur qui s'est fait virer ?

— Si, je réponds. Augustin m'en a parlé tout à l'heure, que s'est-il passé avec Lola ? je demande au directeur.
— Là n'est pas le sujet, qui souhaite le renvoyer ? interroge le directeur pour classer l'affaire.
Annick me fait un clin d'œil.
Les professeurs restent muets.
— Très bien, on le garde.
Il surligne au Stabilo le nom d'Augustin sur la liste et passe au cas suivant. Rayan.
La mère de Germain se redresse.
— Celui-là, je sais pas dans quelle banlieue vous êtes allés le chercher... Vous avez des quotas d'Arabes à respecter.
— 6 de moyenne en histoire, faudra le faire redoubler, coupe Annick.
— Impossible, il est trop grand, dit le directeur.
Je m'étrangle.
— Trop grand ?
— Un mètre soixante-dix ! Il tient à peine sur une chaise ! Vous l'imaginez en 6e l'an prochain ?
— Il ne s'en sortira jamais en 5e, je proteste.
Le directeur s'éclaircit la voix :
— De toute façon, il a déjà redoublé son CM2. On est obligés de le faire passer. C'est la loi.
— Alors on le traînera jusqu'au brevet des collèges, c'est ça ?
Ils me regardent, gênés.

– En revanche Basile, vous allez le laisser tomber en 4e...
– Basile ne peut pas passer le brevet, il est mongolien ! s'exclame Annick Caroulle.
– Asperger ! je rectifie.
– Si vous voulez faire du bénévolat, mademoiselle Beaulieu, c'est tout à votre honneur !
– C'est pas du bénévolat, je pense sincèrement qu'il peut s'en sortir. Il faut l'aider, lui donner des cours particuliers.
– Avec quel argent ?
– Si seulement vous faisiez payer la scolarité à tous vos élèves..., note la mère de Marius en levant les yeux sur le néon qui clignote.
– Poursuivons ! tranche le directeur.
Il jette un œil contrarié à l'horloge au-dessus du tableau. Il doit penser à sa femme qui regarde le dernier épisode de *Downton Abbey* sans lui.
Les noms des élèves défilent. On vote à main levée chaque appréciation.
– Claire, on va parler de vous.
Claire sort de la salle, droite dans ses chaussures bateau.
C'est la première de la classe, son cas est vite réglé : félicitations à l'unanimité. Je la fais revenir. Elle se rassied, calme, fière.
C'est au tour de Germain. Sa mère fait couler la chaîne de sa médaille entre ses doigts.

— 9 de moyenne en français, c'est trop juste en 6ᵉ, dit le directeur.

Annick Caroulle recule sa chaise, s'étire, bâille.

— Il est pas méchant, juste un peu attardé...

La mère bondit.

— Attardé ? Mon fils ? Il est précoce ! Il s'ennuie !

Le directeur pose les deux mains devant lui. Prend soin de ne pas croiser son regard.

— Pourtant, il va falloir envisager le redoublement.

— Ça tombe bien, il mesure un mètre dix, murmure Elias.

— Hors de question, il est surdoué. Je lui ai fait passer des tests de QI ! s'insurge la mère de Germain.

— On en discutera en rendez-vous privé, ça n'est pas le moment, coupe le directeur. Elias, c'est votre tour, sortez.

Il enfile son caban en laine et passe la porte.

— Une moyenne de 15,3, je propose les compliments.

Tous lèvent la main, sauf Joëlle Singer.

— Il a refusé de disséquer les moules.

Le directeur ferme les yeux, agacé.

— Il m'a demandé ce que je dirais, moi, si on me pêchait en pleine ovulation.

Annick Caroulle grogne :

— Écoute Jojo, tu veux qu'on mette quoi ? « Refuse de disséquer la moule de sa prof de sciences » ?

5

Lou ronchonne devant mon miroir, couvre ses paupières à gros traits d'eye-liner bleu électrique.
– T'as du blush ?
C'est mauvais signe. Plus Lou est triste, plus elle se maquille. Son rugbyman ne l'a pas appelée depuis trois jours.
Elle brandit son rouge à lèvres.
– J'ai envie de danser. Il fait quoi, Théo ?
Lou aime Théo, elle dit qu'il est une grande perte pour le monde hétérosexuel.
– Je sais pas, je lui ai proposé de passer. Il est à l'ouest depuis que son Hongrois est reparti à Budapest…
Trois grands coups sur la porte blindée : c'est lui.
– Salut mes chéries, j'espère que vous êtes déprimées, qu'on soit raccord.
– Absolument ! répond Lou.
– Tu tombes à pic, j'ajoute.
Il sort un sachet d'herbe de sa poche.
– J'ai ce qu'il nous faut !

Klaus se cache derrière le bœuf. Il fait la gueule depuis le coup du préservatif. Théo le salue en jetant dans le bocal une tête de cannabis que mon poisson aspire, goulu.

— T'es malade ? je crie en fonçant sur Klaus, épuisette à la main.

Lou entortille ses longs cheveux noirs entre ses doigts et regarde dans le vide, sa voix traîne.

— Encore un qui ne se souviendra pas de sa soirée, elle grommelle.

— Ça va pas, Lou ? T'as des cernes jusqu'aux genoux.

Elle saisit le joint que Théo lui tend.

— Je crois que je suis enceinte.

J'ouvre le tiroir de ma table de nuit.

— J'ai un test si tu veux.

— Qu'est-ce que tu fous avec un test de grossesse ? elle s'étonne.

— Y'avait une promo à la pharmacie.

Elle le prend et entre dans ma douche.

— Y'a des toilettes sur le palier !

Elle passe la tête par le rideau.

— Oh ça va, Ella, décoince ! Me dis pas que t'as jamais pissé dans ta douche !

— Moi oui, mais les autres…

Je me tourne vers Théo.

— Bon, et toi ? Des nouvelles de Nikola ?

— M'en parle pas…

C'EST OÙ, LE NORD ?

Il s'affale sur le clic-clac. Ses boucles brunes s'écrasent sur mon coussin Ikea.
– C'était le bon, je te jure. J'aurais dû…, il soupire en se caressant le menton… j'aurais dû le demander en mariage, il était dingue de moi.
Lou sort de la douche, le bouton du jean défait, elle me prend dans les bras.
– J'suis pas enceinte !
Elle s'enroule telle une couleuvre sur le canapé, pose la tête sur l'épaule de Théo et se redresse d'un bond.
– Et si on allait fêter ça en Hongrie ?
Elle brandit son iPhone.
– Sur Easy Jet y'a des Paris-Budapest à trente euros !

Je me réveille la bouche pâteuse et sèche. J'ouvre les yeux sur les chaussettes Snoopy de Théo, marche sur les cheveux de Lou étalés sur le tapis. Elle pousse un grognement, remonte son sac de couchage sur les yeux. Je sors l'Ice Tea de mon mini-frigo enrhumé et m'assieds sur le balcon. Le sommet de la tour Eiffel brille d'un éclat d'aluminium. Elle domine le puzzle de toits dépareillés, gris, plats, jaunes… Théo ouvre un œil, agite les orteils et se dresse, torse nu. Il plie ses jambes comme un yogi.
– T'as du café, Ella Bellissima ?
Je mets la bouilloire en marche. Sur l'écran de mon ordinateur flotte le logo Ryanair.

– Théo, rassure-moi. On a pas VRAIMENT acheté des billets pour Budapest hier soir ?

Il retient un sourire d'enfant qui a plongé les doigts dans le pot de confiture.

La tête de Lou émerge du sac de couchage. Elle s'extirpe de sa chrysalide en nylon.

– On part quand déjà ?
– À 18 heures ! glousse Théo.

6

Dans l'avion Théo trépigne. Il bombarde son mec de SMS.
– Il décolle cet avion ? J'ai un Hongrois à épouser, moi.
Il caresse ma main.
– Ça va pas ? T'es toute moite !
– C'est les pigeons.
Il éclate de rire.
– C'est sérieux ! Si un oiseau se coince dans la turbine, on explose. Ça s'appelle le risque aviaire, je dis.
– T'as pris l'avion combien de fois dans ta vie, Ella ? demande Lou.
– Une fois, pour aller à Rome, en terminale.
Ils se retournent, ahuris.
– Ma pauvre, dit Théo, t'as de la chance d'avoir trouvé des amis comme nous pour te sortir…
– Ben quoi… vous l'avez pris combien de fois l'avion, vous ?

Ils se concertent, pas certains de devoir m'annoncer un chiffre.

— Je parie que vous avez vu Henri Dès en concert quand vous étiez petits.

— Qu'est-ce que tu racontes..., soupire Lou.

— Ben moi, j'avais que les cassettes.

— Bon ça va, la prolo, on est pas chez Zola. Peut-être même qu'un jour tu pourras emmener tes enfants à Disneyland, achève Lou en baissant son masque de nuit sur ses yeux.

— T'es vraiment méchante parfois, lui dit Théo en m'enlaçant les épaules.

L'avion bourdonne, tremble, rugit.

Paris rapetisse, on dirait une ville de Polly Pocket.

Théo me colle son casque audio sur les oreilles. La voix d'extraterrestre de Björk m'endort, l'avion disparaît dans les cumulonimbus.

Il fait nuit quand on arrive à Budapest. Théo trépigne, au bord de la crise de spasmophilie.

Nikola nous a donné rendez-vous au Szimpla. Un club dans un immeuble en ruine. Des graffitis serpentent sur les murs en brique, des baignoires en laiton, fendues en deux, font office de canapés, un groupe de filles en minijupe fument le narguilé dans une voiture sans capot ni roues. Dans le patio, sous des guirlandes

de lampions rouges, une foule attend le début d'un concert. On se fraie un passage pour atteindre le bar.
Théo se fige, mains plaquées sur les joues.
– Je le vois, il est là ! Il est là !
Sa voix est montée de dix octaves. Derrière le comptoir, Nikola jongle avec deux bouteilles de vodka.
– C'est ton mec, cette bombe ? s'exclame Lou.
Elle me prend par la manche et m'entraîne entre les tabourets et les clients assoiffés. Je me retourne.
– Il est où, Théo ?
On fait demi-tour, il est planqué derrière un pilier.
– Je peux pas, je peux pas ! Je craque, on rentre à Paris !
Lou s'impatiente :
– T'es ridicule ! Sors de là.
Il rabat sa capuche, enfouit la tête dans ses bras et se couche à nos pieds en position fœtale.
J'échange un regard avec Lou.
– Bon, j'y vais, elle dit. Garde mon sac.
Je soulève la capuche de Théo qui gémit.
– C'était de la folie de venir ici... Il voudra jamais de moi ! Je veux rentrer à Paris...
– Trop tard.
Lou est penchée au-dessus du comptoir. Elle parle à Nikola et lui montre le pilier derrière lequel Théo est caché. Je le soulève par les bras, le mets sur ses deux pieds et ébouriffe ses boucles.
Ses mains tremblent. Il se gratte le visage.

— Arrête, tu vas être tout rouge !
— T'as du fond de teint ? il demande.
Je fouille dans le sac de Lou, tends sa trousse de maquillage à Théo. Il ouvre un petit miroir et se tamponne les joues avec sa terracotta.
— Dépêche-toi, ils arrivent ! je dis.
Sa voix monte encore d'une octave.
— Il est tellement beau, je suis tellement moche ! Qu'est-ce qui m'a pris ?
Je déboutonne le haut de sa chemise.
— Tu pues le sexe, Théo Asambert.
Il secoue les mains le long de son corps, lève le menton, inspire.
— Tu me le jures ?
— Il t'a aimé à Paris, il te vénérera à Budapest !
Je me fais l'effet d'un coach de boxe.
— T'es sûre ?
— Si j'étais un mec, je te défoncerais là, contre le pilier.
Il sourit.
— T'es bien trop coincée, ma chérie !
Lou approche, bras dessus bras dessous avec Nikola. Je tape dans le dos de Théo pour le remettre en marche.
Il me serre très fort, inspire un grand coup et avance de quelques pas tremblants.
Nikola fonce sur lui et l'embrasse à pleine bouche. Lou lève les yeux au ciel.
— Quelle meuf, ce mec !
— Allez, viens, on les laisse tranquilles.

On s'installe sur deux hauts tabourets. Lou rafle un verre sur le bar. Ses longues jambes voilées par des collants opaques battent la mesure sur un air électro. La foule s'ébranle, le concert commence.
— Ella, j'y crois pas. Les Wookies !
— Les quoi ?
— Sur la scène, les singes. Tu sais, on les a vus à La Java, j'ai couché avec un des DJ !

Lou tire sur sa jupe et saute du tabouret. Elle noue sa veste autour des hanches. Son dos nu ondule sous les néons bleus. Sa peau est blanche, j'ai envie de toucher ses grains de beauté, de les compter.
— Tu gardes mon sac ? je demande. Je vais aux toilettes.

Je fends la marée de danseurs en sueur.

Cachés sous leurs masques de singes aux longues canines, les DJ s'agitent, crient : « Wouhou ! Wouhou ! Chewbacca ! Puta ! » Les basses vibrent dans mon estomac.

Un gobelet de bière se renverse sur mon t-shirt. Une fille aux lourdes boucles rousses se retourne et s'excuse.

Pas possible.

Pas ici.

À Budapest, au concert des Wookies.

— Maman ?

Elle s'arrête un instant, elle tient la main d'un mec au cou tatoué de dragons bleus, ses hanches rondes et

lourdes sont moulées dans une robe en cuir noire. Je dois presque hurler pour qu'elle entende ma question.
— Qu'est-ce que tu fais ici ?
— Comme toi ! La fête !
Elle me fait la bise comme à un vieux pote qu'on croise par hasard et qu'on n'a pas vu depuis longtemps. Elle a l'air un peu ivre, à peine surprise de me voir là.
— On sort cinq minutes ? je propose.
Le mec aux dragons lui chuchote quelque chose à l'oreille. Elle pouffe.
— J'ai pas le temps ! Tu seras encore là, demain matin, vers dix heures ?
Elle écrit l'adresse d'un café sur le dos de ma main, « Mai Manó Café, métro Opéra », et disparaît dans la foule.

Théo est parti avec Nikola. Lou doit être en backstage, avec le singe. Elle a mon sac, la clé et l'adresse de l'hôtel, mon portable et ma carte bleue. Je finis la nuit à les attendre dans la voiture-canapé au milieu du club, assoupie dans les vapeurs de bières et de narguilé.
À l'aube, quand le club ferme, le vigile me réveille. Lou ne m'a pas attendue, pas cherchée, elle est partie avec toutes mes affaires.
Je piétine les rues de Budapest. Je n'ai plus qu'un billet de dix euros, mon t-shirt pue la bière, Théo et Lou baisent dans leur chambre d'hôtel.

C'EST OÙ, LE NORD ?

Je les déteste.
Je pique une pomme sur l'étal d'une supérette 24 h/24. La peau résiste sous la dent, le jus acide m'agace le palais.
J'ai encore faim. Qu'est-ce que je fous ici ?
Un clochard dort sous un graffiti à la bombe noire : I MISSED YOU ALL DAY AND EVERY NIGHT. Une femme en sarouel dépose devant lui un café fumant et deux pains au chocolat. J'attends qu'elle ait tourné au coin de la rue, j'en pique un. Il n'en saura rien.
Je mords dans la viennoiserie, traverse la rue. Et son café ? Il sera froid quand il se réveillera.
Je fais demi-tour et prends le gobelet, m'assieds au bord d'un trottoir.
Maman...
Un tramway jaune s'arrête devant moi. Je monte, direction la station Opéra.

Il est dix heures et quart quand j'entre dans le Mai Manó Café.
Maman n'est pas là. Je choisis une petite table dans un coin face à la porte, me laisse tomber sur une banquette en velours.
On se croirait dans une tente berbère. Des kilims aux motifs rouges et noirs sont cloués aux murs. Des bouteilles d'alcool multicolores patientent dans de petites alcôves peintes à la chaux. Une horloge est incrustée dans le mur.

C'EST OÙ, LE NORD ?

En face de moi un vieil homme à la barbe fournie lit *Les Misérables* en français, une longue plume grise fichée dans le ruban de son chapeau.

Toujours pas de maman.

Je martèle la table du bout des doigts. Le vieil homme lève les yeux de son livre. Est-il déjà arrivé au passage où Fantine vend dents et cheveux pour payer les médicaments de sa fille ? Ça, c'est une mère !

– Un chocolat chaud et un grand verre d'eau, je demande au serveur qui vient prendre ma commande.

Maman va arriver, elle va me faire un câlin, je lui raconterai Victor, Belleville, Klaus et les santons, on ira aux thermes, dans les librairies, les pâtisseries.

Ma tasse est froide quand la cloche de la porte retentit, un grelot joyeux et aigu. Maman entre, perchée sur des baskets montantes. Ses cheveux sont attachés en une longue et lourde tresse rousse qui flamboie sous les abat-jour. Je me lève pour l'embrasser. Elle s'écroule sur le fauteuil en face du mien et ouvre le menu. Commande un café viennois et un muffin à la confiture.

– T'as des yeux de baleine échouée, ma chérie, elle dit en tirant un petit miroir de son sac.

Je me retiens de lui retourner le compliment. Ses cils sont collés par le mascara, son rouge à lèvres déborde sur sa peau de lait, elle ne s'est pas démaquillée après sa soirée d'hier et n'a plus qu'une boucle d'oreille, une lourde créole bleue.

– Tu fais quoi à Budapest ? je demande.

– Bof... tu sais, un musicos en tournée... Je t'en avais parlé. Au fait, il est pas là, Victor ?
– Maman, tu plaisantes ? Ça fait plus de trois mois qu'on est plus ensemble...
Elle joue avec son piercing à la langue.
– Décidément... On sait pas garder les hommes dans la famille ! Tu vas t'en remettre.
Elle écarte les bras comme si elle se présentait à un concours de beauté. Une petite fille sort des toilettes. Elle regarde ma mère et s'accroche aux jambes de la serveuse.
– Quand Marc est parti avec l'écran plat et la Clio, j'ai pas pleuré longtemps. Et quand David m'a plaquée pour sa prof de zumba, un tour sur Meetic et on en parlait plus !
Elle me prend pour son journal intime. La bille de son piercing roule sur ses incisives. Le métal cogne contre l'émail.
– Arrête, ça abîme tes dents...
– Qu'est-ce que t'es chiante, ça te va pas d'être seule..., elle remarque.
– Parce que toi tu sais ? T'y connais quelque chose ? T'es jamais célibataire plus d'une semaine.
– Tu devrais essayer Tinder.
– Non merci, j'ai donné.
Elle fait défiler des photos de mecs sur son iPhone.
– Je leur dis que j'ai trente ans, elle murmure sur le ton de la confidence.

– Et une fille de vingt-quatre ans ?
– Je vais quand même pas leur dire que j'ai quarante ans et deux enfants ! C'est pas sexy du tout !
– T'as pas toujours dit ça.
– Qu'est-ce que tu racontes ?

C'était à l'époque de Carlos Martinez. Il était très famille, celui-là. Il construisait des châteaux de sable avec Julie sur la plage, m'achetait les derniers tomes d'Harry Potter, nous cuisinait des hamburgers. Avec lui, maman est devenue une maman idéale. Elle me piquait mes t-shirts Banana Moon et me prêtait ses Converse. Elle me faisait réciter mes dates d'histoire.

Elle disait : « Je t'aime, ma grande » ou : « Je t'aime, ma puce. »

J'y croyais, je répondais : « Moi aussi. »

Sous le regard attendri de Carlos Martinez.

Quand il est parti, elle a repris ses Converse.

Elle me tend son iPhone. Un surfeur trop chevelu sourit devant une carcasse de requin, les deux pouces en l'air. Fabrice, trente-trois ans.

– Regarde ! Il est pas mal, lui !
– Maman, c'est facile d'être « pas mal » sur Internet ! Sa photo, elle a vingt ans, je parie que le type est chauve.

Elle continue à passer le doigt sur son écran.

Je me retiens de jeter son portable contre le mur.

– Ça va, le bac de ta sœur ? dit-elle en bâillant.
– Le bac, c'est dans deux mois. T'as qu'à lui demander.

C'EST OÙ, LE NORD ?

Elle hausse les épaules, envoie un texto.
– Ça fait combien de temps que tu l'as pas vue, Julie ? Tu sais qu'elle est première de sa classe ?
– Quelle intello, ta sœur... Parfois je me demande si vous êtes vraiment mes filles.
– T'en fais pas, je me pose la même question.
Mes ongles dessinent des petits arcs sur ma peau. L'homme au chapeau souligne une phrase des *Misérables*.
Il tourne une page et me sourit.
– Maman, écoute-moi, j'ai besoin de toi, là, maintenant, j'ai plus un rond, plus de passeport et je sais pas où est mon hôtel.
Elle ne répond pas, hypnotisée par son portable.
– Bon... j'ai un déjeuner, ça t'ennuie si j'y vais ?
– Je parie que c'est Fabrice, trente-trois ans.
Elle soupire :
– Arrête ton numéro de mère la morale. J'ai pas eu de jeunesse, j'avais deux filles et je me suis bien occupée de vous. Maintenant je profite !
Très bien, casse-toi, on se verra à Prague, à Istanbul ou en Enfer.
– Tu peux payer ? elle demande. J'ai plus un rond !
Ben voyons...
Elle a déjà ouvert la porte du bar.
Elle se retourne.
– T.I.N.D.E.R. Essaie !
La clochette joyeuse retentit, elle a à peine touché à

son muffin. J'en arrache un morceau. Il est sec, se coince dans ma gorge. Je l'avale avec une gorgée de son café viennois. Le goût du lait sucré et l'addition me donnent la nausée. Huit euros. J'y crois pas. Elle a tenu un quart d'heure.

 Je ne demandais pas grand-chose. Qu'elle lâche son téléphone, qu'elle me regarde.

 Je marche sur les quais du Danube. Une statue de petite fille en bronze est perchée sur une rambarde. Elle au moins, elle va pas se casser au bout d'un quart d'heure. Je m'assieds à ses côtés.

 Huit euros le muffin rassis et le café viennois ! Et je paie alors que j'ai pas un rond ! Pourquoi ? Pourquoi je l'envoie pas chier ?

 Parce que j'ai peur.

 Le soir, quand je rentrais du collège, je criais son nom dans la maison. Elle ne répondait pas, me laissait la chercher dans toutes les pièces. Pour me faire peur. Elle trouvait ça très drôle. Un jour, elle a vraiment disparu. On l'a retrouvée deux semaines après dans un squat à Strasbourg, avec son sac de sport rempli de fringues. Elle avait envie de prendre l'air.

 Elle s'enfermait dans sa chambre avec une bouteille de whisky et des plaquettes de Lexomil. Julie hurlait devant sa porte. J'escaladais la gouttière de la salle de bains et j'apercevais maman par la fenêtre. Assise sur la moquette, elle se faisait les ongles devant MTV.

Alors oui, j'ai peur.

J'ai peur de parler trop fort et qu'on me trouve idiote.

J'ai peur de prendre de la place et qu'on me voie grosse et moche.

J'ai peur qu'on regarde au fond de moi et qu'on me trouve mauvaise.

J'ai peur d'aimer quelqu'un qui me détruise et s'évapore.

J'ai peur de dire non.

C'est plus facile de dire oui. Tout le monde vous aime.

Oui, maman, je t'offre ton café viennois, oui, je t'en prie, rejoins ton rencard. Chauve!

Oui, Victor, j'avorte seule, je paye le loyer seule, et je te quitte en te demandant pardon.

Oui, Lou, je monte dans cet avion, oui, je viens danser avec toi devant une bande de singes, oui tu peux te casser avec toutes mes affaires.

Oui, Théo, je te trouve très beau avec ce fond de teint, quelle merveilleuse idée tu as eue de nous traîner jusqu'à cette ville de merde pour un serveur minable!

Oui, oui, oui.

NON, NON, NON.

La statue ne me quitte pas des yeux.

— Tu vas t'arrêter de sourire, connasse?

Qu'est-ce que je fais ici? C'est où Budapest, d'ailleurs ? C'est la capitale de la Serbie, de la Tchécoslovaquie, de la Hongrie ? Putain, mais j'en ai MARRE ! Je veux plus jamais être gentille !

J'écrase ma cigarette sur les yeux de la petite fille en bronze.

Un déclencheur d'appareil photo cliquette, c'est une fille à la taille serrée dans un trench beige, l'objectif braqué sur moi.

– Ça t'arrive souvent de prendre les gens en photo sans leur demander ? je hurle.

Elle s'avance d'un pas de soldat qui relève la garde, se plante en face de moi, range son appareil et répond :

– Ça t'arrive souvent d'agresser les statues ?

J'ai pas du tout envie qu'on m'emmerde, là, maintenant.

– T'es en colère ?

J'y crois pas. Qu'elle dégage !

Elle s'assied, ouvre son paquet de cigarettes et me le tend.

– Tiens, ça te calmera. Moi, je suis tout le temps en colère. Je sais ce que c'est.

Elle époussette du bout du doigt la cendre écrasée sur le visage de la statue.

– J'en propose pas à ta copine, elle a eu sa dose...

Sa voix est calme. Elle pose les mots comme des notes sur une partition. Un sanglot se casse dans ma gorge, je vais pas me mettre à pleurer, quand même ?

C'EST OÙ, LE NORD ?

– C'est très bon pour la santé de piquer des crises, elle m'assure.
– T'es sûre que tu confonds pas avec le yoga ?
– Certaine ! Les gens qui n'explosent jamais se tapent des ulcères. Tu te sens comment là ?
Je souffle sur mes mains pour les réchauffer.
– Vivante, je crois.
– Ah tu vois ! À partir d'aujourd'hui, je te conseille une bonne crise de colère par semaine.
Je me calme, une bruine glaciale se met à tomber. Des gouttes coulent sur sa frange de cheveux noirs.
– Il fait toujours un temps aussi merdique ici, au printemps ?
– J'en sais rien, je suis de passage.
Elle me tend la main, je la serre. Elle porte des mitaines de laine noires.
– Je m'appelle Cléo.
Son nom forme une bulle de savon au bout de ses lèvres.
– Moi, c'est Ella.
– J'adore ! Comme la voyageuse ! Ella Maillart, tu connais ?
Je secoue la tête, jamais entendu parler.
– La Russie, Pékin, la Mongolie... Elle a tout vu.
– Pour l'instant moi, je sais même pas comment aller à l'aéroport...
– T'as un avion à prendre ?
– Le vol de 17 heures, pour Paris.

Elle saute sur ses deux pieds et pose les poings sur les hanches.

— T'as de la chance, j'ai loué un scooter. Je te dépose, j'ai rien à faire de toute façon !

C'est comme si j'étais tombée sur un pont au jeu de l'Oie et que j'avais sauté dix cases d'un coup.

La bruine se transforme en averse qui martèle le trottoir et la statue de bronze. En face de nous une pizzéria annonce : *MARIA LUISA, BEST PIZZA IN BUDAPEST. 1 SLICE FOR 1 EURO.* Une Vierge à l'Enfant sourit de toutes ses dents, elle porte une part de pizza dans les bras à la place de Jésus, elle a tous ses membres, elle. Pas comme mes santons.

Je montre l'enseigne à Cléo.

— Je t'invite, pour te remercier ?

Elle éclate d'un grand rire qui claque dans l'air.

— OK !

J'enlève ma veste et la pose sur un radiateur, deux parts de pizza fument sur le carrelage rouge et blanc de notre table. Je lui raconte ma nuit au Szimpla, les Wookies, Théo, Lou. Et tout me semble disparaître aussi vite que les petites gouttes de pluie qui font la course sur la vitre.

— Alors ton métier, c'est photographe ? je demande.

Elle hoche la tête, un fil de gruyère fondu pend au

bout de sa lèvre, elle le pince entre ses doigts, l'entortille autour de sa langue très rouge.

— C'est pour ça que je suis ici, j'ai postulé dans une super école. Un jour je serai exposée à Beaubourg, à New York, partout !

— Comment tu peux en être sûre ?

— Une voyante me l'a dit quand j'avais quinze ans.

— Une voyante ?

— Oui. Elle l'a lu dans les cendres de mon père. C'était sa maîtresse. Elle m'a dit que j'allais devenir très célèbre et mourir d'une crise d'asthme. Alors j'ai acheté un appareil photo et mon premier paquet de cigarettes.

Elle a l'air d'y croire vraiment. Comme elle avait l'air de croire aux bienfaits de la colère, et à la part de pizza qu'elle dévore.

Elle pose le coude sur la table et rit, elle a les dents du bonheur, comme Vanessa Paradis.

— Tu m'as crue ? elle ajoute.

— Oui ! Pourquoi c'est pas vrai ?

— Ben non, je vais devenir célèbre, ça c'est vrai, mais parce que je l'ai décidé. En attendant, je bosse à l'Aquaboulevard, à Paris.

— Tu vends des maillots de bain ?

Elle lève l'index.

— Non, encore mieux. Je prends en photo les gosses qui dévalent les toboggans et les gros sur des frites en mousse. Et toi, tu fais quoi ?

– Prof de français au collège dans le dix-huitième.
Elle plonge la paille dans son Coca-Cola.
– Ils doivent tous être amoureux de toi, tes élèves...
Ses yeux sont deux billes noires qui tombent dans les miens.
Je prends un verre d'eau glacée et le pose contre ma joue bouillante. Elle dévore sa part de pizza, ses dents blanches s'enfoncent dans les champignons caoutchouteux.
– Elle est bonne, la tienne ?
– Ouais, ça va.
Elle m'en pique un morceau.
– Elle est tiède, dégueulasse, et y'a beaucoup trop d'estragon...
Elle pose les mains sur la table, ferme les yeux, et prend une grande inspiration.
– Bon. On va faire un exercice. Tu réponds par oui, ou non.
Elle ouvre un œil.
– Et tu dis vraiment ce que tu penses !
– D'accord.
Elle lève le pouce.
– T'aimes ta pizza ?
– Non.
Elle sourit, satisfaite.
– T'es contente d'être à Budapest ?
– Non.
– Tu les trouves jolies mes taches de rousseur ?

– Oui, très...
– T'as déjà embrassé une fille ?
Je rougis, je dois être écarlate, je mens un peu.
– Une fois, ma meilleure copine.
– Tu veux m'embrasser ?
Mon corps tout entier bat la chamade.
– Oui.

La pluie se calme, je monte sur le scooter garé sur le quai. Cléo démarre, le siège est un peu mouillé, je passe les bras autour de sa taille. Mes lèvres sont encore humides de son baiser. Qu'est-ce qui m'a pris ?
On ne porte pas de casque. Le vent siffle dans mes tympans. Je plisse les yeux pour que les moucherons n'y entrent pas. Les pans du trench de Cléo volent comme deux ailes de chaque côté du scooter.
On roule très vite, je voudrais continuer sur cette route, dans cette ville, je voudrais qu'il recommence à pleuvoir.
Je voudrais crier.
Je voudrais être en colère tous les jours.
Elle me dépose, je descends, lui souris.
Elle me passe un stylo et un morceau de papier.
– Tu me donnes ton numéro ? elle demande.

Théo et Lou font la queue au comptoir d'enregistrement. Théo m'aperçoit, passe sous la barrière de sécurité et court dans mes bras.
– Ella, on a eu trop peur ! T'es là !
Il est si excité que ses mains tournent comme deux ventilateurs autour de son visage. Lou le suit, elle me rend mon sac, vaguement embarrassée.
– Pardon.
– Vous me faites chier.
Ils me regardent, bouche bée.
– Qu'est-ce qui te prend ? demande Théo d'une voix de castrat.
– Vous me faites chier ! Vous me foutez dans un avion à la con, vous me plantez pour vos plans cul, toute seule, toute une journée, pas un rond, pas de portable ! J'ai même pas envie de vous parler, vous êtes des potes de merde, deux connards, une fois à Paris, je veux plus jamais vous voir.
Je tourne les talons et me faufile dans la queue de l'enregistrement.
Lou me rattrape et me donne mon portable. J'ai reçu un SMS : *C'est toujours soi qu'on trouve à la fin du voyage. Au plus tôt on s'en rend compte, au mieux c'est. C'est pas moi qui le dis, c'est Ella Maillart, à bientôt, Cléo.*

7

Je retrouve Klaus en pleine crise de démence. Il file de gauche à droite, comme s'il fuyait des cauchemars.
– Qu'est-ce qui t'arrive, mon vieux ?
Il n'a pas touché à sa nourriture. Les flocons flottent, pâles et mous. Quelques-unes de ses écailles se sont décollées et dessinent une corolle. Il se blottit contre le bœuf, son santon préféré.
– Oh non, Klaus ! Tu vas pas mourir, pas maintenant…
Je tape « Maladies du poisson rouge » dans Google.
« Si votre poisson rouge, ou cyprin doré, semble agité, nerveux, il est peut-être victime d'empoisonnement. Changez d'urgence son eau et versez-y une poignée de gros sel. »
Empoisonné ?
À tous les coups, c'est quand ce connard de Théo lui a filé de l'herbe. Je débranche le filtre, porte le bocal chez Farid et Aziz.
– T'es venue avec ton nouvel amoureux ? lance Farid.

— T'as pas du gros sel ? Mon poisson va crever !
— Encore ? crie une voix depuis le fond du bar.
C'est Lou, elle pianote sur son Mac. Je lui lance un regard noir.
— Lui, au moins, il m'a jamais abandonnée !
Elle s'approche, pose les deux mains sur mes épaules.
— Et si je t'aide ? Tu me pardonnes ?
— ...
— Je veux bien lui faire du bouche-à-bouche à ton poisson.
— T'as vraiment peur de rien ! Après le rugbyman et le singe, Klaus !
Cinq minutes plus tard, le poisson roupille dans son bocal tapissé de gros sel. Farid nous observe du coin de l'œil, il a lancé la chanson *Shark in the Water* et danse en secouant les épaules. Lou sirote une bière.
— Tu m'as jamais dit pourquoi tu l'avais appelé Klaus. C'est un nazi réincarné ?
— Non, il est Klaus-trophobe.
Elle prend les santons dans la main.
Ils sont coiffés d'une délicate mousse verte.
— T'es sûre que ce ne sont pas eux qui intoxiquent ton poisson ?
— Mais non...
— J'te jure, mets-les ailleurs !
— Ah non, pas le bœuf ! Klaus est amoureux de lui.
— Tu en reçois toujours ?

— Pas depuis un moment. Tant mieux, ça commençait à me faire flipper.
Farid nous apporte deux shots de vodka.
— Alors, les inséparables, *love is in the air again?*
Lou lui tire la langue, inspecte le bovin de plâtre.
— Ça a duré combien de temps, votre embrouille ? Vingt-quatre heures ? insiste Farid.
— Que veux-tu, je suis irrésistible, elle m'aime trop, explique Lou avant de plonger le bœuf dans la vodka. Elle l'essuie sur la nappe en papier et le jette dans le bocal.
— Voilà ! Baptisé et désinfecté !
Klaus donne un petit coup de nez au santon et s'endort contre son flanc.
— Bon alors, tu me racontes ce que t'as fait à Budapest ? demande Lou.
— Rien. J'ai marché et je vous ai maudits.
— Pourquoi tu souris comme ça alors ?
Ma bouche s'étire toute seule, guidée par des fils invisibles.
— Me dis pas que tu t'es fait un mec ?
— Et quoi ? Ce serait étonnant ?
Farid m'envoie un baiser et lance une chanson de Vanessa Paradis.
Je me lève pour danser.
— Monte le son, Farid !
Lou hurle, me tire par la manche.
— DIS-MOI !

C'EST OÙ, LE NORD ?

Je me penche sur son oreille.
– Y'a rien, j'te dis...
Farid tape dans les mains.
– Allez les filles. On danse !
Lou se met debout sur la table, elle me tend la main, j'avale mon shot de vodka.

I'm on a natural high
And I don't require no service

Elle me prend par la taille, ondule contre moi, ses yeux font métronome dans les miens.

And I'll make sweet love to you
Ouh-Ouh

Je pose ma bouche sur la sienne, les mains sur ses cheveux. Je lui mords les lèvres, glisse ma langue entre ses dents.

What do you want me to do.

Pas un battement de cœur en trop. Lou se dégage.
– T'es tarée ? T'embrasses les filles, toi, maintenant ?

Debout sur mon balcon, je suis des yeux le phare de la tour Eiffel.

Est-ce que j'ai déjà été attirée par une fille ?
À part la princesse Leia... Quand j'avais huit ans, maman m'a emmenée au Gaumont de Calais qui passait toute la saga *Star Wars*. Deux heures, trois samedis de suite. J'avais découpé la photo de la princesse Leia dans *Télé-Poche* et l'avais accrochée au-dessus de mon lit. À la fin des trois épisodes, quand j'avais compris que je ne la verrais plus jamais en robe blanche, un flingue entre les mains, j'avais pleuré une nuit entière.
Je n'ai pas encore répondu au texto de Cléo. Et alors ?
Je suis une fille, je suis une fille, je suis une fille.
J'aime les garçons, j'aime les garçons, j'aime les garçons.
Avec des poils.
Des torses, des couilles et des pantalons.
N'empêche... Je veux revoir ses taches de rousseur. Quelle constellation je dessinerais si je les reliais au crayon ?
On pourrait jouer à oui ou non.
Je caresse le bocal de Klaus. Il roupille contre le bœuf en plâtre. Je prends mon téléphone, tape un SMS :
Hello Cléo, tu es rentrée ? Je suis arrivée saine et sauve... Merci encore pour le tour en scooter.
Nul. Trop plat. Trop mou.
Cléo ! Hello ! Arrivée à Paris ??? Merci encore pour le tour en scooter !!! Je suis rentrée saine et sauve !
Trop ponctué ! Trop excité !

Cléo, hello ! Bien rentrée tu es ? Saine et sauve arrivée je suis ! Merci, pour le tour en scooter. Encore !
N'importe quoi !
Bon, STOP !
J'suis bien rentrée. Et toi ?
Envoyé.

Je m'écroule sur mon lit, enfile mon t-shirt de l'équipe de volley-ball de Bergues, tends la main et caresse le bocal de Klaus pour lui souhaiter bonne nuit, prends mon téléphone, et relis le message.

Jouis bien rentrée. Et toi ?
Putain de correcteur T9 !
Qu'est-ce qui m'a pris ?
Je suis une fille, je suis une fille, je suis une fille. Je suis une fille qui aime les garçons.
Les torses, les poils, les couilles
ET LES GROSSES BITES !

8

Théo s'installe dans un fauteuil massant, plonge ses pieds nus dans le bac d'eau chaude. Il m'a donné rendez-vous dans un salon de pédicure chinoise à Châtelet. Il m'offre un soin pour se faire pardonner. Il porte un anneau argenté à la narine gauche et un pantalon de cuir.
– C'est quoi, ce nouveau look ? je demande.
– J'ai rencard avec un punk à 18 heures.
– Pas mal, mais il te manque des épingles à nourrice dans les oreilles.
Il se tripote le lobe.
– Tu crois ?
– Et un rat sur l'épaule.
L'esthéticienne passe une râpe sur la plante de mon pied droit, ça chatouille, je me retiens de hurler de rire.
– Et Nikola, envolé ?
– Il m'a largué. Avec une excuse à la con.
– Tu connais des bonnes excuses ?
– Il trouve que j'en fais trop.

Je détaille les badges de rock qui ornent sa veste.
— Vraiment, je vois pas pourquoi, je lui assure.
— Ça gratte trop, ce truc...
Il enlève son piercing en tirant d'un coup sec sur l'anneau.
— T'es fou ! Tu vas te blesser !
— Non, c'est un faux.
— T'as arrêté la chorale, du coup ?
— Oui, j'ai repris Tinder. C'est plus *safe*.
— C'est là que t'as rencontré ton gothique ?
— Il est pas gothique, il est punk. Et il s'appelle Achtung.
— T'es sûr ?
— Ou Atchoum... je sais plus trop. Il est allemand.
Les deux Chinoises nous tendent des nuanciers de vernis à ongles. Mon téléphone vibre, je me tortille pour le sortir de la poche de mon jean.
C'est Cléo. *Salut Jouis ! T'es libre ce soir ? Ils passent Jules et Jim au Brady. RDV 19 h 30 devant le ciné ?*
— Tu connais le Brady ? je demande à Théo.
— C'est un ciné arts et essais dans le Xe. Alors, tu choisis quelle couleur ?
Je réponds à Cléo.
OK pour demain, je serai là à 19 h 30. Ça fait guimauve. Toujours d'accord pour tout. *OK pour demain, je serai là à 19 h 45.* L'esthéticienne agite le nuancier, impatiente. Je choisis un vernis transparent.
Théo bâille.

– Quelle banalité !
Il pointe un gris métallisé.
– Alternez avec du noir, un ongle sur deux.
– Tu déconnes ?
– Pas du tout. J'ai mon premier rencard avec Atchoum sur le parvis de Beaubourg. Tu m'accompagnes ?
Il joint les mains.
– S'il te plaît ?
– D'accord. Mais tu me plantes pas avec ton punk à chien.
– Promis.

Sur le parvis du centre Pompidou, des caricaturistes arrêtent les passants, un clown gonfle des ballons multicolores pour former des animaux. Un vieux monsieur coiffé d'un chapeau de Merlin l'enchanteur souffle des bulles de savon géantes.
Atchoum, les cheveux verts taillés en aileron de requin, n'a pas encore dit un mot, les yeux cachés par des lentilles de serpent, un gros crucifix posé sur le torse.
– C'est quoi, Mad Jesus ? demande Théo, en pointant du doigt le t-shirt d'Atchoum.
– C'est le nom de mon groupe de punk chrétien.
– Ça existe, ça, le punk chrétien ? je dis.
– Bah oui, Jésus aussi adorait les clous. On a enregis-

tré un tube : « Au nom du père et du vice », cinq mille vues sur YouTube.
— C'est un peu bizarre.
— Tu collectionnes bien les santons décapités, rétorque Théo.
— Je les collectionne pas ! J'ai rien demandé à personne, on me les refile !
Achtung allume une Marlboro qu'il plante dans un fume-cigarette doré. Il arrondit la bouche pour former un rond de fumée.
— C'est un rite satanique, il dit.
Son accent coupe les mots à la hache.
— Développe, demande Théo.
— Pour honorer les dieux des ténèbres, on scarifie, on mutile, on détruit des objets de culte.
Théo lance, blagueur :
— Tu mutiles les gens, toi ?
Achtung fixe Théo de ses iris de serpent.
— Juste des petites scarifications, s'ils aiment ça.
Théo se lève. Il me prend la main.
— Ella, on y va. On va être en retard.
— En retard à quoi ?
— Mais tu sais bien ! Au rendez-vous…
Il secoue la tête, affolé, m'écrase le pied et cligne des yeux. Il détale, m'emporte dans sa course.
Achtung nous court après, ralenti par ses bottes compensées qui se tordent entre les pavés.

C'EST OÙ, LE NORD ?

– Théo ! Reviens, je balance tout pour toi ! crie Achtung.
Il trébuche, s'écroule, tend le bras :
– Mes lames de rasoirs, mes fouets, mes camisoles de force !

Théo saute par-dessus le portique du métro, détale dans les couloirs de la station Châtelet, dérape sur l'escalier roulant, évite une poussette, un type en jogging, un contrôleur. Je le suis, essoufflée.
– C'est bon, on l'a semé ! je crie.
Il s'arrête, s'adosse au distributeur Selecta. Il se tient les hanches, tousse, crache, jette son anneau et son gant clouté dans la poubelle jaune.
– J'suis abonné aux tarés.
– Ou alors, c'est toi, le taré.
Il s'assied par terre, donne des coups de crâne contre une pub pour des machines à laver. Je m'accroupis, lui prends les coudes.
– Théo, tu vas te faire mal ! Arrête, je déconnais !
Des grosses larmes roulent sur ses joues. C'est la première fois que je le vois pleurer.
– T'as raison, je suis taré. Ma mère n'arrête pas de me le répéter.
– Elle est folle de dire des trucs comme ça !
– Au contraire, elle est bien placée, elle est psychanalyste.

Théo serre les poings, tire sur son sweat-shirt.
— Quand j'avais quinze ans elle m'a surpris en train de branler le voisin sous mon lit-mezzanine. On a commencé une analyse pour me guérir.
— On, c'est qui ?
— Ma mère et moi.
— C'est ta mère qui te psychanalyse ?
— Ben oui !
— C'est n'importe quoi, t'aimes les garçons, t'es pas malade !
— Pour elle, si. Elle appelle ça « ma déviance, ma perversion, mon petit problème », ça dépend des séances.
— C'est elle qui est dingo. Théo, tu peux pas être le patient de ta mère, c'est comme si tu couchais avec elle chaque semaine.
Il mâchonne sa manche, renifle. On dirait un petit garçon.
— Et ton père, il en pense quoi ?
Il hausse les épaules.
— Il est au courant que c'est ta mère qui te psychanalyse ?
— Je le vois jamais. Il habite à Levallois, avec une blondasse, un cocker anglais et des clubs de golf. Il aurait sans doute voulu un fils normal pour aller avec sa vie qui pue la Javel.
— Comment tu fais pour payer ton loyer, ta bouffe ?
— Je me démerde.
— Tu vends ton herbe ?

— Non.
— Mais tu fais quoi alors ? Tu donnes des cours ?
Il se relève, époussette son jean.
— Donner des cours ? Moi ? Et de quoi ? Tu veux pas que je fasse la quête à la messe pendant que t'y es ? Ella, atterris... Qu'est-ce qu'on vous apprend à Dunkerque ?
On entre dans la rame.
— T'es déjà sorti avec une fille ? je demande.
— Une fois, pour faire plaisir à ma mère.
— Vous avez baisé ?
— J'ai essayé.
— Comment ça, t'as *essayé* ?
Il me sourit.
— Les chattes, c'est pas pour moi. C'est visqueux, c'est plein de poils, c'est dégueulasse. C'est comme les œufs mollets et les escargots au beurre persillé. Je peux pas.
— En effet, vu comme ça...
Deux amoureux entrent dans le wagon, étourdis. Ils vacillent, tombent l'un en face de l'autre dans un carré, prennent la place de quatre personnes, rient.
— De toute façon, chérie, on peut faire semblant de presque tout dans la vie, sauf de bander, dit Théo.
Le couple glousse, elle porte une robe longue en coton, il enroule sa jambe autour de la sienne. Ils se caressent les mains, le mec enfouit sa bouche dans le cou de la fille qui miaule de plaisir. Un suçon rosé luit sur sa peau.

Théo fait semblant de se faire vomir.
— J'vais faire vœu de chasteté. Y'a pas une place de curé dans ton collège ?
— Non, mais ils cherchent un prof de chimie pour remplacer celui qui est mort.
Théo pose un baiser sur ma joue et la tête sur mon épaule.
— Heureusement que t'es là, Ella Bella, ça me fait du bien de te parler.

9

– Klaus. J'ai rencard avec une fille.
Mon poisson rouge somnole derrière son santon.
– Fais pas semblant de dormir, t'as même pas de paupières...
Pas une écaille ne frémit.
– Si tu continues à faire la tronche, je te remplace par un cactus.
C'est à la mode, les cactus. Ça ne s'arrose qu'une fois par mois et c'est indifférent au soleil ou à la pluie.
J'enfile ma chemise à carreaux, la rentre dans mon jean taille haute.
– C'est mieux comme ça ou sortie du pantalon ?
Klaus se tapit au fond du bocal.
– Te mouille surtout pas...
De toute façon, ce jean me boudine. Je l'enlève, choisis une jupe H&M, une paire de collants et mes bottines.
– Elles sont bien, non ? Je les ai trouvées à la friperie rue Saint-Maur. Trois euros.

C'EST OÙ, LE NORD ?

Si Klaus pouvait bâiller d'ennui, il le ferait. Je me brosse les cheveux, les aplatis de chaque côté de mon crâne, c'est la catastrophe, j'ai l'air d'un elfe, mes oreilles pointent comme deux rétroviseurs, ma jupe est trop courte, mes collants boulochent. C'est décidé, j'annule.

De toute façon, je ne pourrai jamais coucher avec une fille. J'aime les mecs. La preuve : Victor. J'avais envie de lui tout le temps. Quand il me plaquait sur le parquet ancien, quand il me coinçait contre les murs de l'appartement, quand il me prenait sur les plaques à induction.

J'avais des orgasmes à tous les coups. Enfin, je crois.

Si je me souviens bien.

C'est quoi, d'ailleurs, un orgasme ?

La première fois que j'en ai entendu parler, j'avais douze ans et je regardais *Loft Story*. Loana et Jean-Édouard baisaient dans la piscine. Dans la séquence suivante, Loana donnait un cours à ses copines lofteuses. « Quand j'ai un orgasme, ma jambe tremble. »

Mes DEUX jambes tremblaient avec Victor. Tout va bien, je ne suis pas lesbienne.

Mais… j'ai envie de respirer le cou de Cléo. L'oreille de Cléo, les cheveux de Cléo, de dire dans le noir Cléo, Cléo, Cléo.

Est-ce que si on sort avec une fille une fois les mecs veulent encore de nous ? Moi, je ne coucherais pas avec un mec qui s'enfile un autre mec.

Je regarde ma montre. 19 h 30. Je suis en retard.

— Klaus ! Allez quoi ! Aide-moi ! J'y vais ou pas ?
Il me snobe, se frotte contre son santon. Mon poisson rouge se tape un bœuf en plâtre, je peux bien embrasser une fille.
— Si tu fais encore la gueule à mon retour, j'appelle Findus et tu finis en bâtonnet pané.

Je descends les escaliers en courant, passe devant le bistrot La Maison. Farid soulève son chapeau.
— Salut, la belle !
Qu'est-ce qu'il penserait si je débarquais au bistrot avec une fille ?
La nuit tombe, j'évite le boulanger qui empile des cartons vides devant sa boutique, assis en terrasse, trois hommes biberonnent des canettes d'Heineken, l'un d'eux, trentenaire, la face aplatie, engoncé dans un veston rayé me fait un clin d'œil, roule des yeux et sort une langue frétillante qu'il agite en tirant des filets de bave de ses dents tartrées. J'ai envie de vomir et accélère le long du boulevard.
Un carrousel tournoie sur la place de la République, un petit garçon chevauche un cheval blanc. Il mordille une peluche pelée, ses parents le prennent en photo. Si je deviens lesbienne, je n'aurais pas de petit garçon sur un carrousel.
Je m'assieds sur un banc public, allume une cigarette.
Je n'y vais pas.

Je suis une fille qui aime les garçons, je veux un mari, un appartement avec vue sur Montmartre pas trop loin d'une école et d'un jardin public, des Noëls avec trente cadeaux sous le sapin, une alliance, un monospace et des vacances en Bretagne.
— À quoi tu penses, toute seule sur ton banc ?
Cléo est devant moi. Elle porte le même trench qu'à Budapest, le même piercing dans le cartilage de l'oreille, les mêmes yeux noirs qui me sondent et me ratatinent.
— On avait pas rendez-vous devant le cinéma ? elle demande.
Mes joues bouillonnent, je défais mon chignon pour cacher mes oreilles cramoisies.
— Écoute, Cléo, je suis pas prête, je dis.
— Pas prête à quoi ? Voir un film en noir et blanc, ça fait pas mal, je te jure.
Adieu petit garçon, cheval blanc, alliance et monospace.
— On y va ? elle poursuit. Ou tu préfères un tour de manège ?
Je me lève, termine ma cigarette en une bouffée qui me brûle la gorge, tousse.
— On y va.
On traverse la place, une bande de garçons en rollers déboulent comme des petites flèches décochées des rues alentour, se croisent, se tapent dans la main, empilent des palettes de bois, des tonneaux en plastique.
— T'habites où ? je demande.

– À Saint-Germain-des-Prés, avec ma mère. Et toi ?
– À Belleville, avec mon poisson rouge.
– J'adore les poissons rouges, elle dit.
– T'en as un aussi ?
– Non, j'ai un perroquet. Juan Juliano. Il est espagnol.
– Il sait parler ?
– Il connaît qu'une phrase. « *Hola qué tal ? Soy una bomba sexual.* »
– C'est toi qui lui as appris ?
– Mon ex, elle disait ça à chaque fois qu'elle entrait dans la pièce.
Ma gorge se serre. Son ex était une bombe sexuelle. Et moi, je suis quoi ? Hétérosexuelle ? Bisexuelle ? Béchamel ?
On entre dans le cinéma, Cléo achète cent grammes de bonbons qu'elle choisit avec soin. Salle 1, le film est déjà lancé. On s'installe au bout du premier rang, contre le mur. Cléo pose le bras sur l'accoudoir, pousse un peu le mien.
Elle déplie mes doigts, y dépose un Schtroumpf en gélatine.
– Ce que j'aime, c'est les laisser fondre sur la langue.
Son souffle me chatouille l'oreille. Je suis clouée au fauteuil, j'arrache la tête du Schtroumpf avec mes dents, la mâche, la broie.
Le sachet bruisse, je ne comprends pas ce que Jeanne Moreau raconte, je ne sais pas qui est Jules, qui est

Jim. Je n'entends que le bruit de la Cellophane sous les doigts de Cléo. Sa boucle d'oreille brille, elle sourit, les yeux rivés sur l'écran.

Regarde-moi, embrasse-moi.

Elle prend un Dragibus, plante ses yeux dans les miens, pousse le bonbon entre mes dents. Ses doigts effleurent mes lèvres, j'ai envie de goûter la saveur de fraise dans sa bouche, enrouler ma langue avec la sienne.

Ma jambe est toute proche de sa main posée sur le velours rouge de l'accoudoir, je veux qu'elle me touche, j'étire le mollet comme à la gym au collège.

Elle remue un peu, replie la jambe sous ses fesses. Le sirop du Dragibus me colle au palais.

– Tu aimes ? elle chuchote.

Derrière nous un homme soupire, donne un coup dans mon fauteuil, je m'enfonce.

– Je préfère ceux à la pomme...

Elle pouffe de rire.

– Mais non, le film.

Je ne sais même plus ce qu'on regarde, je ne sais même plus si c'est en noir et blanc ou en couleurs, sous-titré ou en version française. Elle pose le sachet sur l'accoudoir, j'y plonge la main, elle y faufile la sienne. Nos doigts se mêlent dans les grains de sucre, les dragées, les fils à la cerise.

Elle tire du sachet un rouleau de réglisse, le déroule,

l'entortille autour de son index, le fourre dans sa bouche, pousse un murmure de délectation.

Je ne bouge pas, prostrée dans mon fauteuil, mais tout mon corps la réclame, magnétisé par le petit strass sur le lobe de son oreille, ses lèvres roses, ses taches de rousseur millionnaires.

Elle écarte une mèche de cheveux, pose les lèvres sur mon cou, suce ma peau, l'aspire.

Mille briquets étincellent dans mes veines.

– Je vais te baiser, Ella.

Elle met la main sur mon genou, le caresse, remonte ses doigts le long de ma jambe.

D'accord, d'accord, d'accord, hurle mon corps. Baise-moi maintenant. Arrache mon jean, déboutonne mon chemisier.

Je suis une fille, je suis une fille, je suis une fille.

C'est une fille. Je ne peux pas. Je repousse son bras, me lève et sors de la salle.

Je traverse la place, manque de me faire renverser par deux skateurs, remonte le boulevard en courant. Je veux être chez moi, dans mon lit, ne plus penser à Cléo, ne plus la sentir, ne plus la voir.

Je monte les six étages de mon immeuble sans faire de pause, m'assieds sur le lit, enlève mes bottines, les balance contre le frigo.

Klaus ne bouge pas.

— Bon, poisson à la con, je sais que ma vie t'intéresse pas, mais y'a qu'à toi que je peux raconter ce qui m'arrive.

Il sort de sa cachette et m'observe.

— Je crois que je suis raide amoureuse de cette fille.

C'est quoi être amoureuse ?

— J'en sais rien, mais ses doigts, sa voix, le sucre, son jean. Ça m'a rendue dingue ! Je pouvais plus bouger !

Klaus frétille de la nageoire.

— Et le coup du Dragibus entre les dents ! Elle me vrille le cerveau. Je suis cuite, poilée, panée !

Il tourbillonne autour du santon.

Je m'allonge sur le matelas, allume une cigarette. Je veux la voir ! Je veux l'appeler, je veux lui dire de venir. Qu'est-ce qui m'a pris de partir comme ça ? Je trempe le doigt dans l'aquarium.

— Dis, Klaus, je suis pas VRAIMENT lesbienne ?

Mon poisson rouge file entre les algues en plastique et me tète l'index. Je lis dans ses yeux globuleux que je suis ce que je veux.

— Promis, toi, jamais je te vends à Findus.

Le lendemain il pleut toujours, je passe la journée à bosser au bistrot. Farid m'a installée dans un coin du bar, contre le petit chauffage électrique. Toutes les demi-heures, il verse de l'eau chaude sur mon sachet Lipton menthe-réglisse.

J'essaie de me concentrer sur mes copies, des rédactions sur le sujet : «Dialogue avec mon meilleur ami.»
J'ouvre la copie de Shannon.
«Bonjour Léa
– Bonjour Shannon
– Orlane m'a dit qu'elle t'aimait beaucoup en amitié, alors j'ai dit que moi aussi.
– Merci, moi aussi je t'aime, Orlane aussi je l'aime, Tiffanie aussi je l'aime, et Céline aussi, je l'aime, même si je la connais pas... Ah oui, mais je vous aime en amies ! Il ne faut pas croire que je... Beurk...»
Je referme la copie.
Beurk.
Je ne dois pas revoir Cléo.
Lou entre dans le bar, elle essore ses longs cheveux comme si elle sortait de la douche.
– Quel temps de merde !
Elle embrasse Farid, s'installe sur la table voisine de la mienne, sort un dossier de feuilles reliées de son sac en bandoulière.
– Tu bosses sur quoi ? je demande.
– *Phèdre*, c'est le casting pour le spectacle de fin d'année du cours Florent. Ça m'emmerde, t'imagines même pas.
– C'est vachement bien, Racine !
– Tu parles ! L'histoire d'une hystérique qui veut se taper son beau-fils...
Elle ouvre la page à la liste des personnages.

— Vise un peu son nom en plus ! Hippolyte ! Et ce con crève sous les roues d'un char...

Elle se ronge l'ongle, épluche ses cuticules du bout de ses incisives.

— Tu stresses ? je demande.

— Un peu. Demain j'ai un casting pour une pub Régilait.

— Le lait concentré sucré ?

— Ouais. Tu veux pas me faire réciter ? Y'a qu'une réplique.

— D'accord, vas-y.

Elle me tend une feuille, inspire profondément, prend une pose lascive, pose l'index sur sa lèvre inférieure. Elle ouvre ses grands yeux gris et bat des cils.

— Régilait, c'est bon...

Elle lèche son index et reprend d'une voix d'hôtesse de téléphone rose :

— C'est bon.

Elle avance le cou, guette mon commentaire.

— Alors ?

— On dirait une pub pour du lubrifiant.

— Eh ben ? Ça donne envie, non ?

— T'es sûre ? C'est ce qu'ils veulent ? Régilait, c'est pour les gosses quand même...

— Mais non, pour les adultes aussi !

— Le packaging, c'est les écureuils Tic et Tac !

Elle pose les coudes sur la table, boudeuse.

C'EST OÙ, LE NORD ?

– Qu'est-ce que tu peux être coincée ! T'as pas baisé depuis combien de temps ?
– Lou, y'a pas que le cul dans la vie…, je proteste.
– Ah ouais, et y'a quoi d'autre ?
– Ben y'a l'amour, par exemple.
Lou se lève.
– L'amour ? T'as vu ce que ça fait l'amour ?
Elle agite *Phèdre* sous mes yeux.
– Tu veux finir comme elle ? Les cheveux en pagaille, la robe en lambeaux, cyanurée ? Tu veux te suicider en alexandrins ?
– T'as raison, l'amour c'est *so* XVIIe siècle…, je souris.
– Y'a une soirée Erasmus sur une péniche. Ça te dit ? Théo y va aussi.
– Erasmus ? T'es sérieuse ? C'est que des gamins de dix-huit ans !
– Et alors ? T'as jamais dépucelé personne ?
Je réfléchis. Mon premier mec, c'était Victor, et il avait déjà couché avec la moitié des filles de terminale.
– Ben non, jamais.
– Tu devrais essayer, c'est très rafraîchissant.
Elle termine son verre de vin.
– Comme un berlingot Régilait !

On retrouve Théo au pied de la péniche. Il trépigne sous un parapluie blanc, moulé dans un jean slim bleu ciel et un t-shirt tie-dye décoré de poissons tropicaux.

– T'as pécho un dauphin ? demande Lou.
– C'est Sea punk, t'y connais rien. J'ai un look d'enfer, pas vrai Ella ?
Je me demande si je ne préférais pas l'anneau dans le nez et le pantalon en cuir.
– T'es parfait.
Lou se badigeonne les lèvres de gloss. Elle jette un œil à la péniche.
– On y va ? Ou on attend que Noé arrive avec une paire de girafes ?
– En tout cas, moi, j'y vais, je dis.
Il faut que je rencontre un mec et que mes jambes tremblent.

Le DJ, moustache fournie et yeux exorbités, bondit en slip sur scène. Il insulte la foule entre deux remix de Britney Spears ou des Spice Girls. « *Shut Your Fucking Mouth.* »
Lou me montre un grand blond en chemise de bûcheron.
– Trop sexy. Fonce.
Elle a raison. C'est mon genre, il a l'air de sortir d'une session de surf, sa chemise à carreaux est entrouverte sur une peau bronzée, sa mâchoire est carrée. Je me colle à lui, il me prend par la taille, emboîte mes hanches dans les siennes, me caresse le dos, les fesses, m'offre trois vodkas-Red Bull que je descends cul sec,

m'explique qu'il s'appelle Kaveh, qu'il est américain. Je m'en tape. Il peut être roumain, martien ou lilliputien, je veux qu'il me prenne contre le bar ou le bastingage de la péniche.

Je me concentre sur son torse musclé, sa langue, son sexe que je sens durcir sous le jean.

Le visage de Cléo s'interpose, son corps souple, mince, son parfum à l'orange verte, son Levi's taille haute, elle fourre un Dragibus sous ma langue, me lèche l'oreille, le cou, les seins.

Je m'agite contre l'Américain, aspire sa langue, défais d'une main sa ceinture, attends un signe de mon corps. Rien. Pas un poil ne se hérisse.

– *Where do you live?* je crie.
– *My car is parked outside.*
– *OK. Let's go.*

En quelques minutes, je me retrouve plaquée contre une Autolib' branchée sur le quai. Il ouvre la portière, me renverse sur le siège arrière, retrousse ma jupe.

Hésite une seconde et lance :
– *Do you want it in the ass?*
Je me dégage.
– *NO!*

Je veux du cul normal. Avec un bel Américain au torse lisse et musclé. Un truc bien fait, un peu doux, un peu violent. Mais au bon endroit !

Je remonte mes collants, baisse ma jupe, claque la

portière et le plante sur le parking, sous la pluie, le jean sur les chevilles.
Qu'est-ce qui cloche chez moi ?
Trois taches de rousseur sur la bouche de Cléo me torpillent le cerveau. Mais ni cet Américain musclé, à la chemise sexy, à la voix grave, ni cette voiture providentielle ne me chiffonnent le moindre sens.
Je m'abrite sous la passerelle Joséphine-Baker et envoie un SMS à Théo :
Je rentre.
Il répond immédiatement.
Attends-moi ! Soirée de merde.

Dans le Noctilien, Théo écoute mes péripéties, hilare.
– Mais qu'est-ce qui t'a pris ? Ça te ressemble pas du tout !
Je hausse les épaules, la vodka me brûle l'estomac. Théo me tend une petite bouteille d'Évian.
– Je voulais juste me faire un mec.
– Et t'as choisi un refoulé.
– Ça fait mal ? je demande.
– La sodomie ? il hurle pour couvrir le bruit du bus qui freine.
Une dame redresse son chapeau et toussote, indignée.
– Ben ouais…, je chuchote. Je t'ai jamais demandé.
– Parce que la seule fois que je me suis fait prendre,

le type avait une bite de Playmobil et ça faisait vachement mal. C'est pas du tout mon truc !
– Je croyais que tous les gays...
– Tu croyais mal...
La dame au chapeau change de place.
– Tu veux dormir chez moi ? il propose.
Je pose la tête sur ses genoux, il me caresse les cheveux.
– *I won't put it in your ass*, il promet.

10

Le lendemain matin, je suis réveillée par une odeur de pancakes. Théo donne un coup de pied dans la porte de sa chambre, pose un plateau de petit-déjeuner sur les draps du lit de fortune qu'il m'a installé sur son tapis.
– Ça sent trop bon...
– Je mets de la fleur d'oranger dans la pâte.
– T'as du Nutella ?
– Le Nutella, c'est plein d'huile de palme et de cancers !
Il ouvre un pot de miel bio et me le passe.
– On se fait un film ? il propose.
Il faudrait que je rentre chez moi pour changer l'eau de Klaus, ranger mon bureau, préparer mes cours, repasser ma chemise pour demain...
– On propose à Lou de nous rejoindre ? je demande.
– Le dimanche elle est jamais dispo, tu sais bien...
– Pourquoi ?
– J'en sais rien, elle a jamais précisé, repas de famille, j'imagine.

C'EST OÙ, LE NORD ?

Théo se blottit contre moi, relève la couette sur nos genoux et me tend un café au lait.
— *Star Wars*, ça te va ? J'ai un faible pour Han Solo, il confie avec un sourire coupable.
J'étale un peu de miel sur un pancake encore tiède.
— Moi, c'est la princesse Leia.

Théo ronfle, pelotonné contre moi.
La princesse se tortille en bikini lamé, menottée au pied de la limace géante Jabba.
Une phrase prend toute la place dans ma tête. Comme le bruit d'une biscotte qu'on croque et qui nous assourdit. « Je vais te baiser, Ella. »
J'éteins la télévision, couvre Théo, lui laisse un mot et file sur la pointe des pieds. Dans l'escalier j'envoie un message à Cléo : *T'es où ? Je veux te parler.*
Mon téléphone sonne à la station suivante. *RDV 20 h Pères populaires, métro Nation.*

J'arrive au bar avant elle, les verres tintent, les rires fusent, quelques groupes d'étudiants tapotent sur leurs ordinateurs.
J'avise une large banquette, rouge et moelleuse. Mes jambes seront contre les siennes, comme au cinéma, elle entrecroisera ses doigts avec les miens, se penchera sur mon oreille et chuchotera…

Non.
Je choisis une table et deux chaises très droites et très banales, commande un pichet de vin et deux verres.

Cléo déboule dans une robe courte et fleurie de petites pâquerettes sur des collants opaques. Un séisme secoue mon corps.

Elle s'assied, déroule sa longue écharpe en laine.
– Tu bosses pas demain ?
– Si, je rentrerai pas tard.

Un vendeur de nuit entre, il porte des brassées de petits gadgets clignotants, oreilles de Minnie rouges à pois blancs, briquets géants, animaux en caoutchouc…
– J'adore ces trucs ! s'exclame Cléo.

Elle saisit un cochon de la taille d'un pouce. Deux faisceaux lumineux sortent du groin, *oink-oink*.

Elle pousse un cri d'Indien, applaudit, en achète deux.
– Un pour toi, un pour moi.

La table est si petite que nos jambes se touchent.
– Pourquoi tu voulais me voir ? elle demande.
– Je suis pas prête Cléo. Je suis hétéro.

Elle pose les mains à plat sur la table et assène :
– Une hétéro, ça n'embrasse pas les filles en rougissant comme tu rougis.

Elle caresse ma cheville du bout de sa ballerine.
– Et là, ça te laisse indifférente ?

J'ai chaud, j'ai envie d'elle, envie que sa ballerine

remonte toute ma jambe, qu'elle l'enlève, qu'elle me caresse du bout de son pied nu.
– Totalement.
On vide le pichet, Cléo en commande un autre, elle me raconte la fin de *Jules et Jim*, fredonne *Le Tourbillon de la vie*, mime le saut dans la Seine de Catherine. Ses longs doigts pianotent sur la table, virevoltent dans l'air, relèvent une mèche de cheveux, les trois taches de rousseur sur sa lèvre forment un petit triangle, comme le signe de ralliement d'une secte.
– Il est presque minuit, faut que tu ailles te coucher, non ?
J'inspire un grand coup, reviens sur terre.
– T'as raison. Demain, c'est la rentrée, réveil à 6 h 30 !
Je termine mon verre cul sec, une goutte de vin coule sur mon menton, Cléo tend le doigt pour l'essuyer.
– Fais pas des trucs comme ça, ça me donne envie de t'embrasser, je dis.
Elle hausse les épaules.
– Qu'est-ce qui t'en empêche ?
Elle vide son verre, se lève, tourne les talons et sort du bar.
Son parfum trace une piste entre elle et moi. Il pleut, je me réfugie sous ma veste en jean et me presse derrière elle.
– Cléo !
Elle avance dans la nuit d'un pas décidé, comme si chaque pavé brillant, chaque fenêtre éclairée, chaque

immeuble lui devait obéissance. Elle ne marche pas, elle dirige une armée invisible, son ombre s'étire et rapetisse sous les réverbères qui tremblotent. Je la rattrape à la bouche de métro, lui saisis le bras, elle se retourne.
— Tu prends quelle ligne ? je demande.
— Je rentre en Vélib'.
Elle appuie ses lèvres sur mes joues, sa bouche est humide. Je la veux dans mon cou, sur ma peau, tout mon corps.
Je m'écarte.
Elle me sourit, amusée.
— À bientôt, Ella !
Elle disparaît au coin de la rue. Je ferme les yeux, sa silhouette rayonne en taches de lumière sous mes paupières.

Je m'écroule sur mon lit.
Je la veux.
Je vais te baiser, Ella.
Je vais te baiser, Cléo.
Klaus vogue dans son bocal, ondule autour de son bœuf, traîne sa nageoire estropiée comme un aviron.
Il m'observe du coin de son œil globuleux, me parle par télépathie. *Tu es une fille et tu veux faire l'amour avec Cléo.*
— T'as raison, Klaus, et je fais ce que je veux.

C'est comme sauter à l'élastique ou entrer dans une mer de glace. C'est maintenant ou jamais.
J'envoie un SMS à Cléo : *Viens chez moi.*
Je me cache sous le drap. Faut qu'elle réponde, qu'elle crève d'envie de moi, qu'elle soit là dans la minute, qu'elle me plaque contre le papier peint pelé, qu'elle me jette sur mes draps, qu'elle me... Mon téléphone vibre sous mon oreiller, je ferme les yeux. Dis oui, dis oui, dis oui !
C'est où chez toi ? Une lourde vague me défonce la poitrine.
Je lui envoie mon adresse, jette un t-shirt sur le bocal de Klaus pour protéger sa vertu. Il proteste en donnant des petits coups contre la paroi.
Qu'est-ce qui m'a pris ? Je sais pas comment on couche avec une fille !
Il faudrait que je me coupe les ongles, non ? Mon vernis est écaillé. Je tape dans Google : « Lesbiennes et vernis à ongles ». Des dizaines de pages de forums s'affichent. *Le guide du safe-sex pour lesbiennes sur Rue 69. Petite question sur le vernis à ongles. Plaisir et ongles longs.*
Sept coups comme au théâtre retentissent contre la porte blindée et résonnent dans mon ventre.
Je referme mon ordinateur d'un coup sec et le cache sous ma couette. J'ouvre. Cléo. Ses cheveux ruissellent, son blouson est trempé. Elle est en chaussettes sur mon paillasson WELCOME.

— T'as pas de chaussures !
Elle rit, un rire en bâton de pluie.
— Quand j'ai reçu ton texto, j'avais déjà enlevé mes ballerines, j'ai claqué la porte de chez ma mère...
— Je te prêterai des baskets demain matin.
— J'ai jamais dit que je resterais dormir...
Elle torsade mes cheveux entre ses doigts, prend ma bouche à pleine bouche. Je la pousse contre la porte blindée qui se ferme, le verrou cliquette dans le silence du sixième étage, le poster de Vanessa Paradis se décroche, se froisse sous nos pieds impatients.
Je reçois son corps de fille, sa peau de coton, ses seins contre les miens, sa bouche bonbon. Un bulbe de coquelicot géant éclot dans mon ventre. Je suis son tempo, je ne pense plus, je n'ai plus peur, je ne retiens plus mes cris, plus mes mains, répète son nom dans la nuit. Cléo, Cléo, Cléo.

11

– Klaus, devine combien j'ai eu d'orgasmes cette nuit.
Il saute trois fois hors de l'eau.
– Loupé ! Cinq !
Depuis quinze jours, Cléo vient chez moi tous les soirs, tous les soirs elle frappe les sept coups de théâtre, tous les soirs ses doigts de magicienne lacent sur mon corps un corset de plaisir, elle avale mes cheveux un par un, m'enferme dans ses bras minces, sa peau douce.
Chaque matin, elle part à l'aube et toute la journée rien ne se fixe à mes neurones à part le dessin que trace sa langue acrobate sur mes seins, sa langue géomètre dans mon cou.
L'idéal ce serait une nuit sans heures.
J'ai l'impression d'être droguée, de vivre sur une autre planète, loin du SDF et des prostituées, des trottoirs encombrés, des santons estropiés, des accords fautifs du participe passé et des élèves enrhumés.

Aujourd'hui, c'est dictée. Les élèves se tiennent prêts, stylo au garde-à-vous. Je m'éclaircis la voix et dicte l'histoire de Cendrillon torturée par ses sœurs.
« Une autre que Cendrillon les aurait coiffées de travers ; mais elle était bonne... »
– Quoi ? Cendrillon, elle est bonne ? demande Rayan.
Zoé pouffe, Claire lève les yeux, hausse les épaules. Elias soupire :
– T'es lourd...
Je reprends :
« Une autre que Cendrillon les aurait coiffées de travers, mais elle était trop *gentille*. »
Les élèves écrivent, effacent, raturent.
Je termine, ils peinturlurent leurs feuilles à grands coups de Tipp-Ex.
J'en profite pour lire un SMS sous le bureau. C'est Cléo : *Ça te dit de prendre un verre avec moi samedi ? C'est chez une copine, y'aura tout le milieu lesbien.*
– Pourquoi vous êtes toute rouge, madame ? C'est Cendrillon ?
L'alarme incendie retentit pour l'exercice trimestriel.
– Rendez-moi vos copies, vite.
– Mais madame, on a pas eu le temps de relire, proteste Claire.
– Il ne restait que cinq minutes de toute façon, allez vite ! Sortez en rang.
Elias braille au rythme de la sirène.

– Les dictées et les enfants d'abord ! Les dictées et les enfants d'abord !

Je plie les copies dans mon sac, prends la clé qui est tombée sous le bureau. Elle est posée sur une boîte d'allumettes, emballée dans un papier de soie violet. Je l'ouvre, un petit boulanger y repose, une grande baguette peinte en noir dans les bras, il a deux gros traits rouges autour du cou.

Je le glisse dans la poche de ma veste et suis mes élèves.

Ils courent devant le collège, Julien en gilet de sécurité jaune fluo gère la circulation, rappelant aux enfants que ce n'est « qu'un exercice d'incendie ».

J'en profite pour appeler Théo. Je veux qu'il vienne avec moi à la soirée de Cléo.

– On peut se voir ? J'ai un truc de ouf à te raconter.
– Pas de nouvelles depuis QUINZE jours. Je suis pas un labrador !
– Théo, boude pas, j'avais une bonne raison.
– T'as un cancer ? C'est la seule raison acceptable.
– Arrête… J'ai découvert un truc de malade.
– Quoi ?
– Le plaisir, la foudre, le tonnerre, les douze éclairs.
– Ah… Viens vite.

Dans les escaliers de son immeuble, je croise un grand homme en costume, les cheveux poivre et sel, les

chaussures bien vernies, il porte un attaché-case et sent le café.
Théo m'ouvre en peignoir.
Je m'assieds, croise les jambes sous la table basse.
– Dis donc, tu m'avais caché que George Clooney était ton voisin...
– Je vois pas de qui tu parles, il répond sèchement.
– Tu fais la gueule ?
Il esquisse une moue triste.
– Mais non... Tu m'as manqué, c'est tout.
Il m'apporte une grappe de raisins muscats et une tasse de thé.
– Alors, cette grande découverte ?
– Le plai-sir.
– Le cul ?
– Ouais, le vingtième ciel.
– T'as acheté un gode ?
– Non !
– Alors comment tu fais ?
– Ben c'est quelqu'un, une personne.
– Un Noir ?
– THÉO !
Il trépigne.
– Un nain ?
– Non.
– Un chien ?
– Arrête ! Bien plus simple.
– Me dis pas que...

Je hoche la tête, excitée.
Il ouvre la bouche, les yeux, les narines, les bras.
– Une fille ?
– Ouais.
Il crie.
– TOI, ELLA ? TU COUCHES AVEC UNE MEUF ? Raconte !
Je lui explique, Budapest, le scooter, le cinéma, la première nuit, toutes les autres...
– Tu crois que je suis lesbienne ?
– On s'en fout total ! Répète après moi. Je suis Ella.
– Je suis Ella.
Théo se lève, me tire par les bras et poursuit :
– Et je jouis !
– ET JE JOUIS !
– Avec une fille.
– Avec une fille !
On retombe sur le fauteuil en riant, il va chercher dans la cuisine une carafe d'un jus épais et verdâtre.
– C'est quoi ?
– Concombre-épinard, c'est bon pour la peau.
Je repousse le verre.
– J'ai pas soif.
– Allez bois ! Ça te fera des vitamines ! On dirait que t'as passé un mois dans une cave.
– C'est le désir. Je suis crispée en continu, j'arrive même plus à manger.
– J'espère que tu réalises la chance que tu as ! il s'ex-

clame, avant de se frotter les mains et d'avancer le cou, curieux. Alors ? C'est comment ?

— Quoi ? Jouir ?

— Non ça, merci, je connais. Une chatte, c'est comment ?

— Ben c'est pas DU TOUT comme t'as dit !

— Mais… tu la lèches ?

Je m'enfonce dans le velours du fauteuil, je disparais, je me noie.

— Ça va, fais pas ta bonne sœur…, il râle.

— Je te demande si tu suces ?

— Bien sûr que je suce ! Tu veux que je te raconte ?

Je mets les mains sur les oreilles.

— Ah non, non, non !

Il éclate de rire et me relance :

— Alors ? Tu la lèches ?

— Théo, c'est in-time. Change de sujet, j'ordonne en rougissant.

— C'est toi qui débarques chez moi pour m'annoncer ton premier orgasme !

— Je vais pas te faire un dessin en 3D non plus. Je voulais juste partager mon bonheur.

Il soupire, déçu. Ses yeux se perdent un instant dans les couleurs délavées de la tenture tendue au mur.

— Vous vous voyez que pour baiser ?

— Jusqu'à aujourd'hui, oui.

— Ça va changer ?

— Je sais pas trop… Elle m'a invitée à prendre un verre chez ses amies lesbiennes.
— T'y vas ?
— Ben… toute seule j'ai pas envie… D'ailleurs je me demandais si tu voulais pas…
— Ah non, hors de question. *La Vie d'Adèle*, très peu pour moi.
— Allez… j'oserai jamais y aller seule.
Il croise les bras et montre mon portable sur la table basse.
— Demande à Lou.
— Non… je lui ai pas raconté. J'ai peur qu'elle veuille plus être ma pote.
— Elle s'en fout, Lou ! Que tu couches avec une fille, un hippopotame ou une chaise Ikea, c'est pareil !
— J'ai dormi plein de fois avec elle, on s'est déjà embrassées, elle va croire que je veux la choper.
— N'importe quoi.
— Allez, viens avec moi, je te rappelle que je suis allée jusqu'à Budapest pour toi…
Il fait la moue, épluche un grain de raisin, le suspend une seconde devant sa bouche mi-ouverte.
Il jette le fruit pelé entre ses dents droites et blanches et le croque d'un coup sec.
— D'accord.
Je lui colle un baiser sur la joue.
— T'es mon meilleur ami.

12

Le lendemain quand j'arrive en salle des professeurs, Joëlle scotche un avis sur le babillard.

Conférence du père Amboise pour les élèves de 6e à 14 h aujourd'hui.
Présence obligatoire de tous les professeurs.

— C'est pour quoi, cette conférence ? je demande.
— Pour sensibiliser les élèves à la pastorale. Sur cent six élèves de 6e, seuls sept sont inscrits au caté.

Les perles de culture qui étirent ses lobes d'oreilles brillent sous la lumière crue des néons. Elle recule d'un pas, vérifie que l'affichette est bien droite et sourit, satisfaite.

Annick avance cahin-caha, elle halète aussi fort que mon frigo.

— Mon frère va crever !

Elle appuie sur la touche « soupe à la tomate ».

— J'suis désolée…, je tente.

– C'est pas grave, je le déteste. Le problème, c'est l'enterrement, je vais devoir m'occuper de tout. Je serre les lèvres autour de mon gobelet.
– Déjà pour ma mère, c'est moi qui ai tout géré. Même l'embaumement. Je l'ai habillée, j'ai rebouché les trous...
Elle avance son front luisant et fripé, le colle à deux doigts du mien et crache ces mots comme un dernier coup de marteau sur un clou :
– TOUS les trous !

Une centaine d'élèves de 6e trépignent, assis sur leurs cartables ou sur le revêtement collant du gymnase. Ça sent l'humidité et la basket neuve. À chaque inspiration, j'ai l'impression d'avaler un peu de la sueur des cours de sport de la journée. La poussière danse sous les néons.
Le père Amboise nous fait face. Depuis cinq minutes il attend le silence, sans un mot, les bras à moitié levés, entravés par les manches étroites de sa chemise noire.
Les enfants l'ignorent. Ils se chamaillent, lancent des capuchons de stylos, des miettes de BN et de Pépito. Je m'adosse à la poutre beige et usée. Devant moi, Marie tresse les cheveux noirs et crépus de Clarisse. Plus loin quatre garçons s'échangent des cartes Pokémon.

C'EST OÙ, LE NORD ?

Le prêtre pose le micro sur l'enceinte qui stridule et fait vibrer les vitres trop fines. L'assemblée se bouche les oreilles, serre les dents, se fige.
– Il est fou, ce moine ! s'écrie Enzo.
– C'est de la torture, proteste Claire. Ce n'est pas un moine, c'est un prêtre.
Le micro crachote.
– Mes chers enfants, je suis là pour répondre à toutes vos questions sur Dieu. Dieu, notre père à tous, votre père à vous tous, celui auquel je consacre ma vie.
Les élèves s'observent, hésitent, se poussent du coude, baissent la tête dans l'espoir de ne pas être interrogés.
Le père Amboise s'excite :
– Allez, allez ! Un prêtre qui ne s'emploie pas, c'est un prêtre qui s'use vite.
Rayan glousse sous sa casquette :
– Qui suce vite…
Le curé tend le micro à une petite rousse qui lève la main au premier rang.
– Pourquoi Dieu nous a créés si c'est pour qu'on meure ?
Kelly fait claquer une bulle de Malabar bleue et répond :
– Pour qu'on fasse la guerre des religions et qu'on bousille la planète.
Le prêtre reprend le micro, un sourire de saint plaqué

sur ses lèvres minces. Sa voix est grave, lourde, monocorde, il a avalé un orgue.

– Le Seigneur vous aime, il vous a créés pour que vous soyez libres de vivre votre première vie et qu'ensuite vous le rejoigniez au paradis.

Un élève demande :

– Y'a des Playstation au paradis ?

– Non, mon jeune ami ! Le paradis n'est pas un lieu, c'est un état ! sourit le prêtre.

– Mais ils ont le wi-fi dans cet état ? s'inquiète Enzo.

Shaïma ajoute dans un caquètement criard :

– Et KFC gratuit ?

Quelques rires fusent. Julien lève le menton comme un chien qui pressent un tsunami. Les élèves ne vont pas tenir longtemps assis et serrés sur le sol poisseux. D'un claquement de ses longs doigts, Julien ramène le calme. On n'entend plus que les néons grésiller.

Zoé lève la main.

– Pourquoi Dieu il a laissé mourir Jésus ?

Le prêtre répond, transporté :

– Jésus a choisi de mourir, de porter sa croix sur le mont Golgotha. Il portait tous nos péchés, Jésus s'est crucifié pour vous sauver ! Ce sacrifice est la preuve de son amour.

Augustin, zippé dans sa veste de jogging, se redresse. Il croise les bras et se dirige vers le père Amboise.

– N'importe quoi. Vous mentez.

Les mains jointes du curé serrent le micro.
— Comment ça, jeune homme ?
Augustin avance de quelques pas en prenant soin de ne pas écraser les doigts de ses camarades.
— Vous mentez.
Son ton est paisible, il est sûr de lui, comme s'il récitait un texte.
Tous les regards sont tournés vers lui, il fend la mer d'élèves et de sacs à dos, l'index tendu vers le père qui tressaute, choqué. Il poursuit, un sourire froid sur les lèvres :
— Jésus savait très bien qu'il ressusciterait. C'était calculé.
Joëlle s'accroche à la corde lisse qui pend derrière elle pour ne pas s'effondrer. Julien ne bouge pas, stupéfait.
Augustin bouscule le prêtre, escalade le cheval d'arçon pour dominer l'assemblée, étend les bras, énonce sur un ton de gourou :
— La vérité, c'est que Jésus a fait exprès de mourir pour devenir célèbre.
Le prêtre bégaie :
— Non, Jésus est mort par amour pour les hommes.
— C'est pas vrai, il les aime pas. Il leur fait faire n'importe quoi, tranche Augustin.
Rayan ouvre le coffre des accessoires de sport, gueule : *Jésus reviens, Jésus reviens*, et jette des cerceaux et des massues de jonglage à travers la salle. La moitié

des élèves reprend le refrain. Ceux qui ne chantent pas poussent des hululements, les ballons de foot et de basket rebondissent, tapent contre les murs, une nuée de volants de badminton traverse la salle.

Le père Amboise chancelle. Le micro balance au bout de ses doigts comme un rat mort tenu par la queue.

Un ballon de basket atterrit sur son crâne chauve, il s'effondre sur une pile de tapis de gymnastique.

Julien franchit le chahut en cinq enjambées et tire Rayan par le col :

– T'en as pas marre de faire des bêtises ?

Les cheveux et le visage défaits, Joëlle ouvre la porte du gymnase et libère les enfants qui se ruent dans la cour en troupeau de gnous déchaînés.

Augustin sort après tout le monde, il marche calmement. Je l'arrête, il m'arrive aux épaules, sa cicatrice blanchit sous son œil.

– C'est quoi ce discours ? je demande.

– Dieu, Jésus, la lumière, le pardon, tout est faux.

– Et comment tu le sais, petit malin ?

– Faites pas comme si vous étiez pas au courant.

Il claque la porte du gymnase, la poussière sous les néons danse de plus belle, Joëlle soulève les jambes du père Amboise évanoui.

– C'est pour la circulation, faudrait pas qu'il nous fasse un caillot.

Je m'approche, le père essaie de me dire quelque chose, remue ses lèvres fines et sèches. Je me penche

pour entendre. Il ouvre les paupières et articule en silence :
— J'abandonne.

Le lendemain soir, Théo m'a donné rendez-vous au Castorama. Je dois l'aider à choisir une table basse avant de retrouver Cléo.
— Ça peut démissionner comme ça, un curé ?
— Le nôtre, oui. Il a juré qu'on le reverrait plus.
— Je le comprends...
— Comment ça ?
— Ben, si toutes les profs sont gays...
— Je suis PAS gay !
— Ah bon ? Tu sors pas avec des lesbiennes ce soir ?
— Toi aussi, je te signale, tu m'accompagnes.
Il se tourne, absorbé par le rayon ampoules.
— C'est quoi exactement, halogène ? il demande.
— Théo ? T'avais dit oui. C'est un apéro, ça ne finira pas tard.
Il jette une ampoule éco dans son panier rouge.
— Je peux pas, j'ai nocturne de gym suédoise.
— T'es vraiment un lâcheur !
— Mon abonnement coûte hyper cher, le prof est hyper sex, je ne louperai pas la gym, il tranche en poussant son caddie.
Je me jette sous les roulettes et le supplie.
— T'avais dit oui.

– J'ai changé d'avis.
– Elles ont toutes cinq ans de plus que moi, des jobs de ouf, dans la com', l'art, le journalisme, je vais être nulle.
Il brandit un maillet en caoutchouc et menace :
– Eh ben, tu te mettras dans un coin, et t'écouteras. Je ne viens pas.
Un petit garçon traverse le rayon, une brosse à chiottes à la main, il chantonne un air de Beyoncé.
– Et ma table ? Je prends celle-là ? demande Théo en montrant un modèle pliant en Formica.
– Nickel, Mamie Colette a la même, je grommelle.
– Super, ton argument.
Une voix annonce la fermeture du magasin, on est priés de rejoindre les caisses.
– Bon, je la prends. Tu m'aides ?
Je saisis l'extrémité d'un long carton, lui l'autre, on sort du centre commercial en trottinant dans les couloirs vides. J'ai les paumes brûlées par le carton trop lourd, Théo souffle, le front rougi par l'effort. Le vendeur de smoothies astique les grands bacs qui brassent toute la journée des oranges et des bananes, empile les gobelets et les pailles, les rideaux de fer tombent sur les Stockman en minijupe de chez Pimkie, le vigile ferme la porte coulissante derrière nous.
Je fais une dernière tentative dans la station de métro, alors que Théo fouille d'une main dans le fond de sa poche pour retrouver son passe Navigo.

— T'as vu les plans galères que tu me proposes ? Et tu refuses de m'accompagner à un simple apéro...

Il soupire.

— Qu'est-ce que t'es chiante ! Je sais pourquoi j'aime pas les filles !

— Démerde-toi !

Je lâche la table, elle érafle ma cuisse et file mon collant. Théo braille, furieux.

— Mon pied, putain !

Je le plante avec son carton, remonte l'escalier.

— Et bon courage pour passer le portique !

13

Je tire sur ma jupe pour cacher mon collant filé et monte dans un bus, direction le canal Saint-Martin. Cléo m'a envoyé l'adresse de sa copine par SMS : *4, rue des Vinaigriers, 5ᵉ étage.*
J'ai l'impression que je vais intégrer un cercle spécial.
Dans le bus, une dame à la peau flasque râle au téléphone. Elle replace l'étoile de mer en plastique qui retient ses cheveux noirs.
– C'est pour quand ton poème, Victorine ?
Elle baisse un peu la voix en s'apercevant que je la regarde.
Je suis le mouvement de ses lèvres dans le reflet de la vitre.
– Ulysse... Tu peux dire quoi d'Ulysse ?... Voilà ! Courageux. Bon, trouve un adjectif qui veut dire la même chose, et tu me fais des rimes. C'est quand même pas compliqué.
Elle attend trente secondes et reprend :
– Écoute Victorine, tu fais chier. J'ai pas que ça à

faire ! Dans un quart d'heure j'arrive à la maison et t'as intérêt à avoir fini ton poème sinon pas de poney.

Elle raccroche, soupire, triture un grain de beauté, pince un poil noir entre deux ongles, tire, le poil lâche, la peau retombe en tremblant. Son regard se perd dans la vitre du bus et croise le mien.

Elle sourit, embarrassée.

Je descends à l'arrêt Jacques-Bonsergent, au bord du canal Saint-Martin. Le soir est tombé, un SDF en slip propose de sauter à l'eau contre deux euros. L'écluse se relève, le pont de l'hôtel du Nord pivote pour laisser passer un bateau-mouche. La voix d'Arletty nasille dans des haut-parleurs : « Atmosphère, atmosphère... » Les phares blancs plantés dans la coque éblouissent les grappes de noctambules qui pique-niquent, les pieds au-dessus de l'eau.

J'aimerais faire un tour de bateau-mouche.

Exactement le genre de phrases que je dois m'empêcher de dire ce soir.

Je prends la rue des Vinaigriers, un couple de filles me dépasse en riant, leurs talons claquent sur les pavés, résonnent sur les murs couverts de graffitis. Elles s'embrassent, se tiennent par la taille. L'une d'elles a les cheveux rouges et rasés sur la nuque. Elles s'arrêtent devant un grand porche bleu. Je fais mine de refaire mon lacet pour ne pas monter en même temps qu'elles, j'attends un peu. Au loin, j'entends une masse tomber à l'eau, saluée par des applaudissements. Quelqu'un a donné deux

C'EST OÙ, LE NORD ?

euros au clochard plongeur. Je tire à nouveau sur ma jupe pour cacher la flèche de mon collant, rentre un peu le ventre et sonne à DE CRESPIN. Un petit bourdonnement est suivi d'une voix de robot : « La porte est ouverte, veuillez refermer la porte derrière vous, s'il vous plaît. » La fête est au cinquième étage, les marches sont tapissées d'une moquette vermillon fixée par des barres lourdes et dorées. Si j'habitais dans un immeuble comme ça, je descendrais pieds nus tous les matins. Je suis la musique et les éclats de voix, vérifie mon reflet dans l'écran éteint de mon téléphone portable. Ajoute une couche de rouge à lèvres.
La sonnette est décorée d'un autocollant arc-en-ciel : « *Trans is the New gouine.* »
Ça doit être là.
Je sonne.
J'entends des pas précipités sur le parquet.
Une fille longue m'ouvre et me jauge derrière de larges lunettes Chanel. Son vernis est assorti à ses Stan Smith bleues. Derrière elle, des vingtaines de paires de chaussures sont rangées sur une étagère qui grimpe jusqu'au plafond.
– Salut, je suis Ella ! je souris en tendant la main.
Ses yeux me scannent, notent les seins trop petits, le pull qui bouloche, transpercent ma jupe, le collant filé, l'hématome sur la cuisse et les picotements, je me concentre pour ne pas rougir. Mais je rougis.
Elle hausse les sourcils, tourne la tête et crie :

— Cléo ! Ta meuf est arrivée !
Elle se penche sur moi, me fait la bise sans toucher les joues.
— Moi, c'est Camille.
Elle m'entraîne dans le couloir, ses jambes n'en finissent pas, le couloir non plus. Des vinyles de jazz s'alignent, encadrés sur les murs, un long tapis zébré mène au salon, derrière une grande vitrine brillent des tomes de La Pléiade et un ananas doré. Tous ces objets semblent supplier : « Regardez-moi, regardez-moi. »
— J'ai jamais vu un appart'aussi grand à Paris ! je lance, enthousiaste.
Elle répond sans se retourner.
— C'est vraiment petit, pourtant.
Une chanson de Christine and the Queens me parvient, quelqu'un étouffe un fou rire, de lourds bracelets s'entrechoquent, des verres carillonnent. Dans ma tête la petite vanne de la timidité s'ouvre en grand, je sais déjà que je ne prononcerai pas un mot, que je vais avoir envie de disparaître sous le tapis, qu'elles seront toutes plus intelligentes, plus belles, plus spirituelles que moi.
Camille pousse la porte sur six trentenaires installées autour d'une table basse couverte d'un tissu africain, elles piochent des olives et des gâteaux Belin, sirotent des spritz et du champagne. Tous les regards se tournent vers moi. Je dois absolument dire quelque chose. Je suis à poil au milieu de la cour de récré.
Cléo est à genoux sur un pouf en laine, le dos droit,

C'EST OÙ, LE NORD ?

elle tourne la tête à demi, décolle sa cigarette de ses lèvres mouillées, la pose dans une coquille Saint-Jacques qui sert de cendrier, se lève.

– Alors c'est elle, la nouvelle ? lance une fille fine comme un « I » majuscule.

Cléo s'avance, me prend par la taille, me présente.

– C'est *ma* nouvelle, elle dit en riant.

J'ai l'impression d'être la pièce inédite de sa collection de timbres.

Elle pointe du doigt une garçonne qui porte un nœud papillon sur une chemise blanche fermée jusqu'au col. Je reconnais la nuque rouge et rasée de tout à l'heure.

– Ça, c'est Jess, elle dit. Elle est graphiste pour un nouveau magazine qui s'appelle *Nichons*, c'est vachement bien, tu connais ?

J'acquiesce, mais je ne connais pas. Je ne connais rien. J'ai le cerveau vide.

Cléo me pousse contre la fille en « I » qui crache un noyau d'olive.

– Selena, elle est DA chez Bird Media.

Je dis oui avec la tête mais je ne comprends rien. Selena porte un soutien-gorge de dentelle sous une veste de costume très décolletée, elle est maigre.

Cléo se penche sur mon oreille.

– Elle baise tout ce qui bouge... Tiens-toi à distance.

Son index me présente Coline, Justine et Coraline. Je fais la bise à chacune. Elles effleurent à peine mes joues en continuant leur conversation.

Camille me montre un haut tabouret, plie le genou, pose le pied contre le mur et lance aux autres :
— Il nous manque une joueuse pour le match de demain. Cléo, t'es dispo ?
— Je peux pas, j'ai un déj'.
Je monte sur le tabouret et cherche, paniquée, la manette pour descendre l'assise.
Camille tend le cou dans ma direction.
— Ça te dit, toi ?
J'allume une cigarette pour me donner un peu de contenance :
— Un match de quoi ?
— De foot, on joue contre Versailles.
Je m'imagine boueuse, en short et en crampons, les bras écartés dans le but, je me prends le ballon en pleine tête. Je décline l'invitation en souriant.
— J'ai des copies à corriger.
— T'es prof de quoi ? s'étonne Coline en caressant le col de son pull, du même rouge que sa bouche.
— Français.
— Si j'avais eu une prof comme toi, je t'aurais demandé des cours particuliers, assure Selena.
Cléo me caresse le bras.
— Je reviens, j'vais te chercher un verre.
Camille attend qu'elle ait disparu dans la cuisine pour me questionner :
— T'es lesbienne ?
Je croise les jambes, bégaie :

– Euh... je sais pas.
– Tu baises les mecs ou les filles ?
– J'étais avec un mec pendant six ans.
– Donc t'es bi.
– J'en sais rien.
– Pansexuelle ? elle insiste.
– C'est quoi, pansexuelle ?
Camille s'accoude sur la table basse :
– C'est quand tu ne mets pas d'étiquette sur la personne que tu aimes. Mec ou fille, c'est pareil.
Jess rit, ses jambes sont si longues qu'elles cognent contre la table basse.
– Arrêtez de la faire chier...
– On lui explique, rétorque Camille.
– T'es peut-être graysexuelle..., ajoute Coraline en posant l'index sur sa joue.
Les filles pouffent. Camille me caresse l'épaule.
– T'es amoureuse de Cléo ?
Bonne question.
Ce soir elle m'énerve, elle me porte en sac à main. Oui mais... son nom en bulle et ses seins ronds, nos corps comme deux énigmes qui se résolvent l'une dans l'autre, l'explosion, l'or chaud dans nos veines.
– On est pas ensemble, je réponds.
– Alors, t'es demi-romantique.
C'est comme si elles faisaient une farandole autour de moi, je ne sais plus où poser les yeux, à qui m'adresser.
Je trouve enfin la manivelle qui actionne le tabouret,

descends d'un cran dans un bruit de soufflet dégonflé, manque de tomber.

— C'est un peu con, votre truc, je dis en me rattrapant au buffet.

Jess lève la main, prend une voix de théoricienne :

— Non, c'est vachement important. Il faut respecter tous les types d'amour.

— L'amour, on le respecte pas en le rangeant dans des petites cases, je proteste.

Cléo revient, passe un verre de vin par-dessus mon bras et pose le menton sur mon épaule.

— Tu veux de la coke ?

Je me dégage d'un coup sec, mon épaule heurte sa mâchoire qui se ferme, ses dents claquent.

— Pardon ! je m'écrie. J'suis désolée, je voulais pas...

Des larmes de douleur lui montent aux yeux, toutes les filles me regardent, abasourdies. La musique s'est arrêtée, le silence s'épaissit, Cléo le rompt d'un éclat de rire humiliant :

— Je vous jure, elle est très sympa !

La discussion reprend.

— T'as entendu la chronique de Sophia Aram hier matin ?

— T'as vu le dernier Allen ?

— Ah non, c'est tout le temps la même chose, Allen...

— Ils repassent tous les Scorcese sur Arte.

— Et l'expo sur Chagall, à la Philharmonie ? C'est sublime, il FAUT que vous voyiez ça !

C'EST OÙ, LE NORD ?

Elles jacassent pour que ça brille entre les pistaches, les coupes de champagne et les lignes de coke qu'elles s'enfilent. Je voudrais être comme elles, à l'aise partout, avoir des tas de choses à raconter, travailler dans la presse, parler de cunnilingus comme du dernier Goncourt, faire s'effilocher mes pensées dans un nuage de fumée de cigarettes.

Je ne dis rien, je plisse les yeux, je hoche la tête, j'ouvre la bouche pour dire quelque chose, je me ravise. Une épaisse vitre me sépare de Cléo et ses amies.

Coline, au museau de souris, se penche sur moi en relevant une mèche blonde laquée sur son front.

– C'est mignon, tu fais un clin d'œil quand tu souris.
– Ah bon ?
– Ouais, comme ça.

Elle fait une grimace, ferme un œil, découvre la moitié de ses dents.

– T'as quel âge ?
– Vingt-quatre ans.
– C'est marrant, j'aurais dit moins, genre vingt. T'es à Paris depuis longtemps ?

Elle n'écoute pas la réponse, sourit à mon front et retourne de l'autre côté de la vitre, là où je ne suis pas.

Cléo se penche, plonge dans mon cou, c'est chaud. Je voudrais qu'on soit toutes seules et toutes nues dans un grand lit.

– T'es sûre que tu veux pas de coke ? elle demande. Ça te ferait du bien.

C'EST OÙ, LE NORD ?

Elle verse un peu de poudre sur le comptoir tapissé de miroirs, coupe une paille vert fluo, me la tend. Sans réfléchir, je la plante dans ma narine et inspire.

Une heure s'écoule ou peut-être trois. Je suis Ella, je me sens belle, je flotte au-dessus des autres, gonflée à l'hélium, je parle vite, je parle beaucoup, je parle fort, je dis des choses que j'oublie dans la seconde, je suis formidable.

Je mâche l'intérieur de ma joue, la chair est molle, forme une petite boule entre mes molaires. Je croise mon regard dans un miroir en pied, mon reflet va plus vite que moi, les mots tombent de mes lèvres comme des pièces de un centime, des petites pièces qui brillent mais ne valent rien. Cléo m'embrasse, Cléo m'observe, fière, Cléo danse avec moi, Cléo rit quand je ris. Elle m'appartient, je lui appartiens, je n'ai plus peur. Je prends encore une trace, une coupe de champagne, une autre.

Je sors sur le balcon, la tour Eiffel est éteinte, grise dans le ciel noir, elle me scrute, sévère, de ses yeux rouges de mante religieuse.

Sur la rambarde frémissent des fleurs artificielles et les feuilles d'un grand bonzaï en plastique vert. Cléo discute avec Jess derrière la fenêtre, ses mains passent sous son menton, cueillent ses paroles.

Je pique du nez dans les tulipes en papier, j'ai sommeil tout à coup, je veux dormir.

C'EST OÙ, LE NORD ?

Je me réveille dans un lit qui sent la lessive, un énorme chat persan balance sa queue bleue sous mon nez.

Ma cuisse me fait mal, la flèche de mes collants s'est élargie, elle descend jusqu'à ma cheville. Un peu de sang a séché sur le maillage opaque.

J'entends des voix dans la pièce d'à côté, elles jouent à un jeu, crient « UNO ! », des rires dégringolent en grosses billes sur le plancher.

Je pousse la porte, j'ai la sensation bizarre de trébucher sur mon ombre. Cléo se tourne, me tend un paquet de chips violettes. Sa mâchoire est tendue, ses yeux sont noirs, écarquillés, dévorés par ses pupilles chargées de coke.

Je m'assieds sur ses genoux :

– Cléo, qu'est-ce qui s'est passé ? Il est quelle heure ?

– Six heures du mat', ça te réussit pas, la coke.

Elle me caresse le dos.

– Tu veux jouer avec nous ?

– Non merci, je suis crevée.

– C'est normal, t'es en descente, elle m'explique avec douceur.

– Elle tient pas le choc, la nouvelle ? demande Coline, les yeux rivés sur ses cartes.

La nouvelle.

Cléo se tait, se contente de me passer les bras autour de la taille et de m'embrasser dans les cheveux.

– Elle est jolie, non ?

C'EST OÙ, LE NORD ?

Une enclume me tombe dans le cerveau.
Je suis vraiment un timbre.
C'est trop pour moi.
Je repousse les doigts de Cléo et me relève.
– Je vais rentrer…
– Je te rejoins chez toi, OK ?
Je secoue la tête et articule :
– Non.
Je tourne les talons.
Je ne suis pas un timbre.

Je marche le long du canal, le soleil ouvre sur Paris un œil blanchâtre. Le SDF plongeur est allongé sur une couverture de survie, les jambes maigres et nues, son poing rouge dans la bouche. Un vieil homme coiffé d'un chapeau de cow-boy joue avec un voilier téléguidé. Deux garçons ivres chevauchent des Vélib' tordus et font la course sur les quais.
Je passe acheter des cigarettes au tabac.
Un vieil homme entre, me dépasse, se poste devant la buraliste.
– Salut, Marie.
– Salut, mon loup ! Il fait bien frais pour un dimanche de mai, non ?
– Ouais… d'ailleurs, j'suis venu t'embrasser avant de partir. J'en ai marre de Paris.
– Tu vas où ? elle demande.

– Au PMU.

Il ressort. Je prends un paquet de Lucky Strike, et remonte le boulevard de la Villette.

Dans ma chambre de bonne, Klaus agonise à côté de son bocal. Ses branchies palpitent et font battre un post-it jaune collé à ses écailles.
Je saisis la queue du poisson entre le pouce et l'index.
– Qu'est-ce qui te prend, Klaus ? je lui demande dans les yeux.
Il me regarde, un peu mort, très dépité, l'air de penser que sa vie de poisson ne vaut pas la peine d'être vécue.
– Je t'aime. Arrête de te suicider !
Je le remets dans l'eau.
Trois bulles molles s'échappent de sa bouche, il colle ses yeux déprimés contre la vitre.
– C'est pas le moment d'être triste.
Si Klaus avait des épaules, il les hausserait. Il se planque derrière son bœuf en plâtre.
Je ne veux pas être « la nouvelle ».
Je ne fais pas partie de leur monde.
Je ne suis pas lesbienne.
Je ne suis pas parisienne.
Je tape de l'ongle contre le bocal.
– Tu te souviens de Victor ? C'est ton père.
Klaus prend un air bourru. Victor lui manque, c'est pour ça qu'il veut mourir. J'aurais jamais dû le quitter.

C'EST OÙ, LE NORD ?

Je m'allonge à plat ventre sur le lit, ouvre Facebook, clique sur son profil. Son statut est passé de « célibataire » à « en couple ».

C'est un coup de poing qui m'écrase sur le matelas.

Faut pas que Klaus voie ça, il va encore sauter. Je tourne l'écran, fais défiler la page.

Victor tient une blonde par la taille, elle est sur ses genoux, accrochée à son cou. Elle rit si fort que la photo est floue, ses cheveux, ses dents, ses yeux, son collier de perles brillent sous le flash. Mes poumons pèsent sur ma poitrine comme deux sacs de farine. Je clique sur le nom de la fille : Candice Lesqualles.

Je détaille ses photos une par une, sa vie défile sur mon écran. Candice rame sur un paddle au milieu d'un lac turquoise. Candice fête son diplôme de médecine avec ses copines et du champagne. Candice, moulée dans une combinaison de surf, monte sur un podium. Je clique, clique, clique, zoome sur son menton, traque le petit bouton. Un bourrelet peut-être, une ride précoce, un point noir ?

Rien. Pas la moindre petite malfaçon, même pas un cheveu gras.

Candice Lesqualles est parfaite.

Victor est amoureux. Il n'a pas le droit.

J'appelle Lou.

– T'es malade ? T'as vu l'heure ? elle grogne.

– On peut se voir ?

– Je dors.

C'EST OÙ, LE NORD ?

– Et plus tard ? j'insiste.
– C'est dimanche, je peux pas le dimanche !
– J'ai besoin de toi. C'est Victor, il sort avec Paris Hilton.
– Et alors ? Tu l'as quitté. Il est beau, il gagne du fric, il est champion de France de kite... Tu t'attendais à quoi ?
Un tonneau de larmes se répand au fond de ma gorge.
– T'es horrible !
– Horrible ? Tu penses qu'à ta gueule, Ella ! J'suis pas ton psy. Le clodo qui crève de froid au bout de ta rue, c'est horrible. Les réfugiés politiques, c'est horrible, les enfants malades...
Sa voix se casse comme une corde de guitare. Elle pleure.
Je reprends, doucement :
– Je t'appelais juste pour parler, excuse-moi...
– Pourquoi tu crois toujours que tout est ta faute ? T'es pas le centre de gravité du malheur, putain !
Son cri s'étouffe dans un sanglot, elle raccroche.
Je m'enfonce dans mon chagrin poisseux comme un goéland dans une mer de cambouis.
J'entre dans la douche sans fermer le rideau pour surveiller Klaus, allume un jet brûlant et m'assieds sur le carrelage.
Mon poisson se laisse couler.

C'EST OÙ, LE NORD ?

Je me réveille vers midi, ouvre une boîte de sardines à la tomate, la partage avec Klaus et pose une passoire sur l'aquarium pour l'empêcher de sauter. Je remplis mon sac à dos de copies et sors de la chambre.

Je vais chez Farid et Aziz. Une fille se blottit dans les bras de son copain, il l'enveloppe dans sa veste doublée de fourrure. Ça doit être si chaud, si confortable.

Victor faisait ça avec moi.

La vie nous remplit et nous vide d'un coup.

Je serre les dents, mords l'intérieur de mes joues, un goût de fer se répand dans ma bouche. J'empêche mes pensées de se fixer sur l'image de Candice et Victor pelotonnés l'un contre l'autre devant un épisode de *Grey's Anatomy*.

Je voudrais remonter dans ma chambre et passer la journée à écouter Vanessa Paradis sous ma couette, lire, dormir, manger des cookies. Mais j'ai trop de copies à corriger.

Je m'installe au fond du bar et sors des interrogations de mon sac. Les clients grignotent des brunchs à vingt-cinq euros. Je salive sur le jaune des œufs à la coque, le saumon qui luit sur les toasts grillés…

C'est la fin du mois et j'ai « un découvert pharamineux », comme dirait Lou.

Je commande une tasse de Earl Grey que Farid me remplit d'eau chaude tout l'après-midi.

C'EST OÙ, LE NORD ?

Le soir est tombé quand je termine mes corrections. Farid projette un match de foot sur grand écran. Le PSG joue, le bar s'est rempli. Je suis si concentrée sur mes copies que j'entends à peine les cris des supporters.

Farid fait des bonds, des va-et-vient nerveux entre le bar et l'écran, tape dans les mains des clients, jette son chapeau sur le sol à chaque pénalité et paie sa tournée à chaque but.

Mon téléphone vibre. C'est Cléo. *Tu viens chez moi ce soir ? Ma mère est pas là.*

Je range mes affaires, pose trois euros sur le comptoir.

– Tu prends un dernier verre, ma chérie ? demande Farid.

– J'ai pas le temps... j'ai rendez-vous.

– Avec un amoureux ?

Je retiens un sourire gêné.

– Non...

– T'as enfin compris que je suis l'homme de ta vie ? Que je vais te couvrir de fleurs d'or, te faire danser sur le sable fin, te décrocher la lune et t'en faire un pendentif ?

Il fait chanter sa voix, sourit au soleil.

– Calme ta joie, Faudel, je rejoins une fille.

– Une nouvelle amie ? Encore une belle gazelle pour mon bistrot ?

– C'est un peu plus qu'une amie.

Il me regarde, les yeux ronds, le visage doré.

– T'as une copine ?

– Ben ouais, et alors ?
Il visse l'index sur sa tempe en riant.
– Quoi ? Pourquoi tu te marres ?
– C'est très bien, t'as des ballerines, t'as une copine...
T'es à la mode !

Cléo et sa mère vivent au premier étage d'un immeuble de Saint-Germain-des-Prés, les marches sont hautes, les murs tapissés d'un papier peint olive. Cléo ouvre, sans un mot me serre dans ses bras, faufile sa jambe entre les miennes. Je respire son parfum d'orange verte, sa boucle d'oreille en argent est froide contre ma joue. On entre dans une cuisine aux murs en damiers rouges et blancs. Cléo se colle contre moi, me plaque contre l'évier. Une passoire en acier trempe dans l'eau de vaisselle.
Je devrais acheter la même pour Klaus. Celle en plastique est trop légère, il peut la faire sauter d'un coup de nageoire.
Cléo passe la main dans mes cheveux, les tire, m'embrasse.
J'aurais jamais dû laisser mon poisson livré à lui-même. J'arriverai trop tard pour le sauver. Quand je rentrerai, il sera mort. Si Klaus meurt, je serai vraiment seule dans la vie.
Cléo s'écarte.
– Tu penses à quoi, là ?
– À toi, je te jure.

– T'es toute froide.
Il faut que je m'éloigne de la passoire.
– Elle est où, ta chambre ? je demande.
Elle me guide dans l'obscurité en me poussant par les épaules. Nous traversons trois pièces en enfilade avant de nous jeter sur les draps en lin bleu de son lit. Elle ouvre mon chemisier, m'embrasse l'épaule, je l'embrasse, dégrafe son soutien-gorge, ses ongles dévalent la pente de mon dos, elle est sur moi et murmure une incantation :
– Qu'est-ce que t'es belle, qu'est-ce que t'es belle, qu'est-ce que t'es belle...
J'attends qu'elle dise : « Je vais te baiser, Ella. »
Elle ne le dit pas.
Elle s'enroule autour de moi, aspire ma peau. J'embrasse la sienne, lui mordille l'oreille. Elle gémit, glisse la main entre mes cuisses, déboutonne mon jean en un geste expert.
Mon regard se perd dans les nœuds de bois de la poutre apparente qui crève le plafond, un attrape-rêves y est suspendu. C'est le même que dans la chambre de Victor, chez ses parents. Est-ce qu'il fait l'amour avec Candice sous l'attrape-rêves ? Sur son oreiller Tintin ? Est-ce qu'il lui serre les poignets comme il serrait les miens ? Victor et ses yeux d'océan, Victor et ses cheveux coupés à l'Opinel, sa bouche au goût de sel, ses mains rugueuses, son torse lisse.
Cléo relève la tête, les joues écarlates.

– T'as pas envie, t'es toute raide !
– Si, si, je te jure !

Je me concentre sur Cléo. J'attends, j'enfonce mes ongles dans son dos, me cambre, je veux qu'elle croie que je décolle sous ses doigts. Ses doigts de magicienne.

Rien. Je connais tous ses trucs.

Elle descend mon pantalon sur mes genoux, glisse la langue sur mes seins, mon nombril, doucement.

Je veux jouir, je veux jouir, je veux jouir.

Je sens rien. Rien du tout.

La pauvre, elle va s'ankyloser la langue et raconter à ses copines que je suis frigide !

Concentre-toi. Cléo est la meilleure, Cléo vaut toutes les bites du monde. On se calme. Ça va marcher.

Au bout du lit un éphèbe en bois d'ébène porte un abat-jour à bout de bras. J'ai jamais vu une lampe pareille, je me demande d'où elle vient. Ses lèvres ont la couleur du vin, ses yeux sont menaçants, les muscles de ses bras saillent, le sexe est caché par un pagne doré qui enveloppe ses cuisses puissantes.

J'écarte le pagne.

Non !

Cléo, Cléo, Cléo.

Je me concentre sur sa bouche qui m'aspire, ferme les yeux.

Un homme apparaît sous mes paupières. Un grand homme noir avec une grande queue noire. Il coince mes hanches sous les siennes, me plaque, me fait taire, appuie de toutes ses forces sur mes poignets, me dévore le corps, je vais jouir...

Cléo s'arrête et se redresse entre mes jambes, les cheveux devant les yeux. Ses taches de rousseur rosissent sous la lumière du réverbère de la rue Christine.

– T'es pas là, elle commente, lasse.

Elle porte trois doigts à sa bouche et les lèche. Elle veut me mouiller comme un timbre. Je la repousse des deux mains et m'assieds sur le rebord du lit.

– C'est quoi ton problème ? Ça devient vexant, putain !

– Je suis pas un timbre !

Elle tire la couverture sur elle, jusqu'au cou.

– Quoi ? Qu'est-ce que tu racontes ?

– On m'expose pas, on me mouille pas, on me colle pas, on me collectionne pas, je suis ni un timbre, ni une lesbienne. Je suis une personne !

Je prends mon jean, mon pull, traverse les trois pièces en enfilade, me rhabille dans la cuisine. Un éclat de pleine lune joue sur le manche de la passoire en inox. Je la fourre dans mon sac à dos et sors de chez Cléo.

14

Lundi matin je prends un café chez Théo avant d'aller au collège. Il suspend sa tasse au bord des lèvres.
– Donc, t'as baisé avec une lampe.
Il s'écrase les joues des deux mains.
– Une LAMPE !
– C'était une très belle lampe ! je proteste.
Il s'assied en tailleur, prend une posture de sage.
– Le problème des plans cul, c'est que ça doit pas durer.
Je beurre une tranche de pain complet.
– Pourquoi pas ?
– Parce qu'au bout d'un mois les habitudes s'installent.
– Et c'est grave ?
– Très ! Un seul film avant de dormir, un seul croissant au petit-déjeuner, et ton super coup devient ton animal de compagnie.
Il dessine une arabesque de charmeur de cobra avec ses bras et achève son exposé, satisfait :

— Et personne n'a envie de coucher avec son caniche. Théo a raison, Théo sait tout, Théo est un prophète. Et il ne m'en veut même pas de l'avoir abandonné avec sa table... Il m'a ouvert la porte sans rien dire. Théo est un saint.
— Alors, je dois plus voir Cléo ?
Théo s'enfonce dans le sofa.
— T'as encore envie d'elle ?
— J'ai plus du tout envie, de rien ni de personne.
— T'es peut-être asexuelle.
— Pas du tout, ça va revenir. C'est quoi cette manie de tout nommer ?
Théo remplit ma tasse et soulève un coussin pour s'asseoir à côté de moi.
Une cravate en soie verte tombe sur le sol. Je la saisis et l'enroule autour de mon poignet.
— Une cravate Smalto... C'est à toi ?
— J'ai une tronche à porter des cravates ?
Je hausse les épaules.
— Le mois dernier, t'avais un anneau dans chaque narine, t'es un caméléon. Tu changes de costume quand tu changes de mec...
Il allume un mégot de joint qui traîne dans le cendrier.
— Bon alors, c'est à qui ? je demande.
— T'es chiante avec tes questions !
Théo m'arrache la cravate des mains, disparaît dans

sa cuisine. Je l'entends ouvrir et fermer sa poubelle d'un coup de pédale.
Il revient les mains vides.
– T'as balancé une Smalto ? C'est hyper cher !
– Comment tu connais cette marque, toi ?
– Les cravates de Michel Drucker ! Je regardais tous les dimanches avec Mamie Colette.
Consterné, il balaie mon souvenir d'un revers de la main.
– Désolé, connais pas. Le dimanche j'allais au Louvre avec ma mère.
– Tu veux dire ta psy ?
Il hausse les épaules et me foudroie du regard.
– Tu veux qu'on parle de la tienne, de mère ?
– Non merci.
– Et ta grand-mère, les santons, t'as des nouvelles ?
– J'ai pas regardé mes e-mails ce week-end. Passe ton ordi.
Il me tend son Mac, les yeux ronds d'impatience.

Ma chérie,
Les santons, c'est sacré, et certains de ceux dont tu me parles sont très rares. On ne les trouve qu'en Provence. Chaque année à Saint-Maximin se tient la plus grande foire aux santons.
Le plus rare, c'est l'ivrogne : Pistachié. C'est un coureur de jupons, il s'est habillé à la hâte, il arrive en retard

pour la naissance de Jésus avec pour offrande une morue séchée et du vin rouge.
   Celui qui les mutile et te les offre est un collectionneur pointu, et un grand déçu de Dieu.
   Gros bisous, ma chérie.

   P.S. : J'ai gagné un lot de poêles au loto, je te les mets de côté.

   – Trop cool, Mamie Colette !
Je me lève, enfile ma veste.
   – Je vais au collège. Faut que je parle à Joëlle Singer, elle sait peut-être ce qu'un santon de collection faisait dans le casier de son amant...
Il se met au garde-à-vous.
   – OK, commissaire Lescaut !

   Dans le laboratoire, Joëlle cloue une souris morte sur une plaque de polystyrène. De sa main libre, elle tient une tasse Hello Kitty. Sur la patère à côté du tableau est suspendue une relique : le cardigan rouge de Vincent Tartanguer.
   – Bonjour Joëlle !
   Elle sursaute, s'étouffe avec une gorgée de café qu'elle crache sur une reproduction de *La Cène* punaisée au panneau de liège. Une goutte brunâtre coule sur le menton de saint Pierre et tache une carte postale : la

vue d'un cloître barrée de lettres en relief : « Couvent Royal de Saint-Maximin-Provence. »

L'e-mail de Mamie. *Chaque année à Saint-Maximin se tient la plus grande foire aux santons.*

J'avance, décroche la carte.

– Rends-la-moi !

Joëlle bouscule trois éprouvettes qui se brisent sur le sol et essaie de me l'arracher des mains. J'ai le temps de la lire.

Ma Jojo,
Mille baisers du marché aux santons, j'ai trouvé la paix et un petit Roi mage pour ma collection, tu vas l'adorer !
Tu me manques.

Ton Vincent

– Vincent Tartanguer ?

Joëlle s'essuie le front avec sa blouse, y laisse une marque de fond de teint orange.

– Et alors ? elle gémit.

Je la coince contre le tableau de Mendeleïev.

– Tu arrêtes de me prendre pour une conne et tu m'expliques cette histoire de santons.

Je m'écarte, elle s'affaisse contre le mur.

– Je ne comprends pas, elle hoquette.

– Te fous pas de moi ! C'est TOI qui les planquais dans mon casier. Pourquoi ?

Elle détourne le regard, ferme les yeux, murmure :
— Je n'ai rien fait, je te promets, ce sont ceux de Vincent, dit-elle tout bas comme au confessionnal.
— L'agneau blessé, le berger amputé, le Roi mage décapité, le bœuf sans cornes, le couple sans tête, le boulanger égorgé... ?
Je sors Pistachié de mon portefeuille.
— Et celui-là, je l'ai trouvé dans le casier de Vincent, à sa mort.
Elle vacille, se retient à une pile de manuels de chimie écornés qui dégringole.
— Dieu merci, il n'a rien. J'ai cru que je ne le reverrais jamais, c'était son préféré, elle murmure, en prenant l'ivrogne entre ses doigts.
— Pistachié ?
— Comment tu connais son nom ?
— J'ai fait des recherches...
— Des recherches sur les santons ? elle s'étonne.
— Tu trouves ça normal de recevoir des santons égorgés toute l'année ? Moi non !
Elle caresse la figure de Pistachié.
— Celui-là, Vincent l'a reçu à sa naissance.
— L'alcoolique coureur de jupons ? Drôle de cadeau pour entrer dans la vie...
Elle s'assied sur son bureau, les jambes écartées, offre à ma vue ses cuisses épaisses moulées dans un collant couleur chair.
— Il est né à Saint-Maximin, en Provence. Là-bas,

les enfants reçoivent Jésus à leur baptême. Sa mère lui a offert l'ivrogne. Elle trouvait ça très drôle, elle ne croyait pas du tout en Dieu, c'était une junkie qui vivait dans des communautés hippies...

Joëlle semble loin, perdue dans ses souvenirs, le menton tremblant, les mains jointes autour de Pistachié.

— Grandir avec une mère pareille a été une blessure terrible, il s'est réfugié dans la foi. Il a commencé à collectionner les santons à l'adolescence pour agacer sa mère. Et c'est devenu une passion.

Elle montre du doigt un placard barré d'une grande croix orange. TOXIQUE.

— Il les rangeait ici.
— Pourquoi pas chez lui ?
— Il vivait avec sa mère. Elle avait beau s'être rangée, elle piquait encore des colères terribles. Il ne lui faisait pas confiance. Au collège ses précieux santons étaient en sécurité.
— Et il avait quel âge ?
— Quarante-cinq ans...
— Ben dis donc...

Elle fait tournoyer Pistachié entre le pouce et l'index avec délicatesse, comme s'il s'agissait d'une fleur séchée.

— Le berger a disparu, puis l'agneau.
— Dans ma classe ! Dans mon casier !
— Ensuite toute la collection a été volée, à la place une lettre anonyme expliquait qu'ils étaient cachés au collège, sous son nez, mais qu'il ne les retrouverait jamais,

qu'ils seraient massacrés un par un jusqu'à ce qu'il avoue son crime.
– Un crime ? C'est quoi, cette histoire ?
– Je n'en sais rien. Vincent disait que c'était une mauvaise blague, qu'il n'avait rien fait.
– Pourquoi il a rien dit quand je lui ai montré l'agneau ? Il a pas réagi...
Elle étreint le cardigan rouge, le frotte doucement contre sa joue.
– Il a eu peur. C'était un être très torturé. J'ai tout fait pour l'aider, mais je n'y suis jamais parvenue. Il croyait à une conspiration céleste contre lui. D'abord le vol des santons, et puis l'agneau dans ton casier... Un jour, il a reçu deux Rois mages décapités, il a cru que Dieu punissait ses péchés.
– Quels péchés ?
– C'était un coureur de jupons, comme Pistachié. Il aimait les filles jeunes mais n'allait jamais jusqu'au bout. Je le laissais avoir ses petites fantaisies.
– Ça te dérangeait pas ?
– Non. J'étais son seul grand amour, la seule à le connaître. Cet homme, tu sais, c'était ma vie. J'aurais tout fait pour lui, je l'aimais tellement. C'était comme mon enfant...
Elle baisse la voix, sourit au chandail, chasse une poussière sur le col.
– Il ne supportait pas l'odeur du formol, alors je lui préparais ses grenouilles pour les séances de dissection,

je lui recouvrais ses manuels de plastique transparent, je lui repassais ses blouses, je lui corrigeais ses copies quand il était fatigué, je lui chantais des petites berceuses le soir pour l'endormir, parfois même je lui donnais le bain...

— Et ils sont où, maintenant, les santons ? je coupe, soudain nauséeuse.

— Je ne sais pas. Avant d'avaler le bidon de soude, il m'a laissé un petit mot, je l'ai trouvé froissé dans son poing.

Elle ouvre son sac, sort son porte-monnaie, me tend un morceau de papier quadrillé qu'elle a dû repasser pour qu'il soit lisible :

Ma Jojo, je ne peux plus supporter la vie, je n'y arrive plus. J'ai fait quelque chose de terrible.
Pardonne-moi.
Il va tout dire, je suis fini. Retrouve les santons, fais ça pour moi.

L'écriture fine, hâtive, s'interrompt. Comme cassée.

— Mais c'est qui « il » ? Et c'est quoi « tout » ? Qu'est-ce qu'il avait fait ?

— Je les ai cherchés partout, elle sanglote. La cantine, le bureau de la vie scolaire, tous les casiers, les classes, partout.

— Il avait un ennemi ! « Il » ! Ça ressemble à une vengeance, cette histoire !

C'EST OÙ, LE NORD ?

– Je n'en sais rien, mais je voudrais tant les retrouver, c'était ce que Vincent avait de plus précieux…, elle couine.
– C'est sympa pour toi…
Elle ne répond pas, la porte vient de s'ouvrir. C'est Julien.
– Ella, tes élèves sont encore dans la cour. Ils devraient être en français…
– J'arrive.
Je ramasse Pistachié, Joëlle saisit mon poignet.
– S'il te plaît, laisse-le-moi, c'est tout ce qui me reste !

Je me poste devant la salle, les élèves accourent, aimantés par les deux bandes blanches tracées au sol, se rangent les uns derrière les autres. Je pousse la porte, les fais entrer et distribue la fable du jour : *Le Renard et la Cigogne*.
– Jean de La Fontaine a emprunté cette histoire à Phèdre, un fabuliste du Ier siècle.
– Il la lui a rendue ? s'étonne Elias.
– C'est abusé ! Quand Booba a piqué la chanson de Rohff, il s'est fait défoncer, ajoute Rayan.
– Rayan, tu peux nous traduire ça en bon français, s'il te plaît ?
Claire, exaspérée, se retourne.
– Ce n'est pas du plagiat, tu ne comprends rien. Il

emprunte juste le thème. Ce qui est important, c'est la façon de traiter ce thème.

— Arrête de faire crari. C'est pas toi la prof !

— Claire a raison, je reprends. D'ailleurs, Phèdre lui-même avait emprunté l'histoire à un autre fabuliste, du VIe siècle avant Jésus-Christ : Ésope.

Rayan se lève et brandit les deux bras en ondulant des hanches.

— *Put your Ésope in the air!*

Je suis prise du même fou rire que les enfants, j'oublie Cléo, Lou qui me fait la gueule, mon poisson suicidaire, les santons de Tartanguer.

À la fin du cours, Elias s'approche du bureau :

— Madame, je peux vous dire un truc ?

Je me rassieds.

— Oui, vas-y.

Il croise les bras derrière le dos.

— Ben... c'est personnel.

Il va m'annoncer que sa mère le bat, qu'il dort dans un placard, qu'il veut fuguer. J'essaie de me souvenir de la procédure à suivre pour signaler la maltraitance. Prévenir le directeur, puis le médecin scolaire... On en a un, d'ailleurs ?

Je fais signe à Shaïma de quitter la classe. Elle chiffonne ses feuilles de classeur dans son sac et sort.

— Alors ? je demande à Elias.

— Ben...

Il pose les yeux sur mes ballerines.

– J'aime bien quand vous mettez des chaussures comme ça. Ça va bien avec votre euh...
Il passe les mains le long de son pantalon et se dandine.
– ... avec votre silhouette.
Il rougit et quitte la salle à toute vitesse, son cartable à roulettes rebondit derrière lui.
Je le suis, dépose les clés au bureau des surveillants. Basile se balance d'avant en arrière, assis sous l'étagère des cahiers d'appel.
– Vous avez vu, madame Beaulieu ? Le rouge-gorge est revenu.
– Quel rouge-gorge, Basile ?
– Ben oui, il dit en se mangeant la lèvre, celui qui habite la statue.
– Mais Basile, les oiseaux n'habitent pas dans les statues.
– Ben si, il prépare son nid dans la Vierge.
– D'accord Basile, bonne journée...
– Bonne journée, madame Beaulieu. Et je fais de mon mieux !
– C'est bien Basile, poursuis tes efforts.
Je sors, m'arrête un instant devant la Vierge. Des pépiements s'échappent de sa manche. Depuis quand les statues pépient ?
Si elle pépie, c'est que l'oiseau n'est pas que dans la tête de Basile, il est aussi dans la statue. La Vierge est peut-être creuse.

Annick Caroulle passe devant moi, elle penche sous le poids des grands cabas Auchan. Elle ne me voit pas et continue un monologue déjà bien entamé.
— Le premier connard d'origine médicale qui me dit que je dois faire attention à ce que je bouffe, je lui mets mon poing dans la gueule.
— T'as passé une bonne matinée ? je demande.
— Je fais pas la cuisine au beurre, je mange pas la peau du poulet et je prends jamais de mayonnaise...
— Bonne journée, Annick !
Je téléphone à Théo et tombe sur son répondeur : « *Yes, please, leave a message.* »
— C'est Ella, je passe ce soir. Y'a du nouveau chez les santons !

Personne ne répond à l'interphone de son immeuble. J'attends, l'appelle une fois, deux fois. Rien.
Je m'apprête à rentrer chez moi quand une vieille dame qui traîne un caddie en tissu écossais ouvre la porte. Je m'engouffre à sa suite, des cris de dispute résonnent dans la cage d'escalier. Je reste sur le palier de Théo, les hurlements viennent de son appartement.
Un homme me bouscule en sortant.
Je l'ai déjà croisé dans le hall : l'odeur de café, les cheveux gris, l'attaché-case.
George Clooney !
Théo ouvre la porte, écarlate, il balance une liasse de

billets de vingt euros qui s'envolent dans la cage d'escalier, s'éparpillent dans la lumière du dernier rayon de soleil qui passe par là.
— Garde ton fric ! Connard !
George Clooney a déjà disparu.
— C'est ton mec ?
Théo se fige.
— Qu'est-ce que tu fais là, toi ?
— Je t'ai laissé un message, mais je peux repartir...
— Non, reste, s'il te plaît !
Il s'effondre de tout son poids dans mes bras. Je le tire jusqu'à son canapé. Il pose la tête sur mes genoux, je lui caresse doucement les cheveux.
Je récapitule : la dispute, l'argent, le type grisonnant, le MacBook, la cravate Smalto...
— Bon, c'est qui, ton nouveau mec ?
— C'est pas mon mec.
— Théo, t'es pas obligé de m'en parler, mais tu dois pas coucher pour du fric. Je peux t'aider à trouver des cours particuliers, des baby-sittings...
Il rit dans ses sanglots, se mouche dans sa manche, tend le bras, ouvre une poupée russe cachée sous sa table basse, en sort un sachet de weed qu'il émiette sur un numéro de *Grazia*.
— T'es vraiment grave... Tu crois quand même pas que je baise pour arrondir mes fins de mois ?
Je me redresse et explique :

— Tu sais, j'y ai déjà pensé, moi. J'ai même répondu à une annonce sur un forum quand j'étais en master.
— Sérieux ?
— J'avais pas un rond, c'était un aveugle qui cherchait une étudiante pour lui lire des nouvelles érotiques.
— T'es con, un aveugle qui écrit des e-mails...
J'avais pas pensé à ça.
— De toute façon, à la place, j'ai pris un job chez McDo.
— T'as raison, mieux vaut puer la frite que la bite.
Il savoure ses propres mots, retient à peine son sourire, satisfait.
— Alors, c'est qui, ce type ? j'insiste.
— C'est mon père.
— Je croyais que tu le voyais plus.
— On dîne ensemble de temps en temps et il en profite pour se brosser la conscience avec du fric et des cadeaux.
— Pourquoi tu m'en as jamais parlé ?
— J'ai honte, Ella. Prendre le MacBook, l'argent, c'est encore pire que faire la pute.
— Ça va, c'est ton père quand même...
— Je lui ai parlé de la thérapie de ma mère...
— Ah, il a dit quoi ?
— Il m'a annoncé qu'il allait à la Manif pour tous dimanche.
Théo se penche par la fenêtre.

C'EST OÙ, LE NORD ?

– Parle-moi d'autre chose, c'est l'heure de la sortie des écoles ; si je saute, je tue quatre gosses.

Il fait nuit quand je termine de lui raconter l'histoire des santons.
– Si ça se trouve, c'est le fantôme de Tartanguer qui revient vous hanter... Expier ses fautes. Il était vraiment chelou, ce mec, c'est même peut-être lui qui les bousillait, ces santons.
– Je pense pas, il avait vraiment l'air de les adorer, et puis j'en ai reçu d'autres après sa mort.
– Joëlle, t'es sûre que tu peux lui faire confiance ? Il doit y avoir des courts-circuits dans sa tête.
– C'est une vieille prof poussiéreuse. Elle était tombée amoureuse d'un dingue, c'est tout. Elle ne ferait pas de mal à une mouche, elle est juste folle.

Un coucou retentit dans la chambre de Théo. Son cri d'oiseau égorgé me fait sursauter.
– *Cute*, non ? Il sonne pas souvent, j'arrive pas à le régler. Je l'ai trouvé dans une brocante.

Le coucou pousse un dernier cri éraillé et rentre se cacher à l'abri dans son chalet suisse.

Comme le rouge-gorge de Basile dans la statue de la Vierge.

Comme les santons de Vincent.
Les santons sont cachés au collège.
– Mais bien sûr !

C'EST OÙ, LE NORD ?

– Quoi ?
– Les santons ! Cachés dans Marie !

La grille verte du collège est hérissée de pics. Théo secoue la tête.
– À tous les coups, je vais finir empalé.
– Arrête de faire la meuf et fais-moi la courte échelle.
Il joint ses deux paumes lisses et blanches, je grimpe sur le petit muret, tends le bras à Théo.
En un bond, on atterrit dans la cour noire et silencieuse.
– C'est ici, je dis en montrant la Vierge qui sourit dans l'obscurité.
– T'es sûre que les santons sont planqués là-dedans ?
– À 90 %. Ça vaut le coup d'essayer.
Je plonge la main dans la statue, des brindilles m'éraflent le poignet, Basile avait raison, un oiseau a fait son nid à l'intérieur de la Vierge, heureusement qu'il n'est pas là ce soir. Un sachet en plastique bruisse sous mes doigts. Je le tire hors de la manche de Marie. Théo braque la lampe de son iPhone sur mes mains.
Le sachet renferme une cinquantaine de santons, tous mutilés.
Joseph et Marie me sourient, d'un rictus étiré au marqueur rouge jusqu'aux oreilles, le sourire de l'ange, le sourire de *L'Homme qui rit* de Victor Hugo.
– Augustin.

C'EST OÙ, LE NORD ?

Le lendemain matin je vais chercher Augustin à la fin du premier cours des 6e D. Annick ouvre la porte, furibonde.
– Ils m'ont demandé comment c'était, la prise de la Bastille !
– T'es prof d'histoire, non ?
– T'as pas compris, ils croient que j'y étais...
Elle fonce dans le couloir, bossue et furieuse.
J'entre dans la salle, les élèves sortent leurs équerres, leurs calculatrices, leurs compas pour le cours suivant. Augustin dort au fond de la classe, la tête enfouie dans les bras, capuche baissée. Je lui tapote l'épaule.
Il se redresse, bâille, s'étire. Il porte les marques des plis de son pull sur la joue, la marge de sa leçon d'histoire est gribouillée de nuages au Bic noir, au milieu de la page, un bonhomme au sourire rouge étiré jusqu'aux oreilles.
– Augustin, suis-moi. On va dans le bureau du principal.
Il ferme sa trousse, son classeur, les range dans son cartable, vide son casier, enfile son blouson.
Avant de sortir, il lance à la classe :
– Salut les cassos', je vous reverrai pas de sitôt...

Le directeur gratte du bout de l'ongle le plus gros cactus sur son bureau. Augustin suit le mouvement du

doigt en hochant la tête, comme un petit chat joueur.
Joëlle, les bras croisés, ne quitte pas des yeux les santons étalés sur le bureau.
— Tu sais pourquoi tu es convoqué, n'est-ce pas ? demande le directeur.
Augustin pince les lèvres en un sourire mauvais :
— Parce que j'ai tué Tartanguer.
Joëlle s'aplatit contre le mur :
— Qu'est-ce que tu racontes ?
— J'ai vengé ma sœur.
— Ta sœur ?
— Oui, ma sœur, Lola. Celle que vous avez renvoyée en janvier !
— Je ne l'ai pas renvoyée, elle est partie de son plein gré, elle a compris qu'elle n'avait plus sa place dans notre collège, précise le directeur.
— En plein trimestre ? je m'étonne. Elle a trouvé une formation ?
Le directeur fuit mon regard.
— Écoutez, mademoiselle Beaulieu, vous n'allez pas fouiner dans les dossiers de TOUS nos élèves ? Elle avait seize ans en 4e... Son niveau était trop faible, elle n'était pas faite pour suivre une scolarité normale.
— On n'abandonne pas un élève au milieu du premier trimestre, qu'est-ce qu'elle fait maintenant ?
Augustin tremble sur sa chaise, les joues cramoisies par la colère, sa cicatrice est encore plus blanche que d'habitude :

— Elle reste à la maison, elle fait rien, elle peut plus bouger.
— Elle est malade ? je demande.
Le directeur soupire :
— Lola était enceinte, elle ne pouvait pas suivre les cours normalement.
— Vous l'avez virée parce que c'est pas bon pour votre image de collège catholique ! crie Augustin, les poings serrés.
— Calme-toi. Je ne veux pas que tu hausses le ton dans ce bureau, tu es en présence d'adultes, tiens-toi correctement.
Augustin agrippe l'assise de son siège, se cambre, crispe la mâchoire :
— Elle va accoucher cette semaine ! Vous savez qui est le père ? Lola veut pas que je vous le dise, mais je m'en fous.
Il débite ses mots au couteau et crache :
— C'est Vincent Tartanguer.
Joëlle porte la main à sa gorge.
— Non, c'est impossible !
Augustin attrape mon regard, ses yeux sont suppliants, il veut que je parle.
— C'est peut-être vrai, je dis. Je les ai vus dans le couloir du laboratoire avant les vacances de Noël. Vincent était penché sur Lola, ils riaient. Ils étaient très proches, c'est vrai, mais j'aurais jamais imaginé que...
— Vous mentez ! s'indigne Augustin. Vous saviez

tout ! Il la pelotait, il lui caressait le cou, vous l'avez vue et ça vous a rien fait. Vous avez parlé avec eux comme si c'était normal, vous étiez sa complice, vous êtes comme tous les autres !

— Et c'est pour ça que tu mettais des santons dans mon casier...

— C'est pour que vous ayez peur. Vous êtes comme tous ces adultes qui mentent. Vous êtes tous des traîtres, vous faites que des choses qui vous arrangent !

Je m'accroupis à sa hauteur. Il ne cille pas, me fixe de ses yeux bleus et pâles de colère. J'ai envie de le prendre dans mes bras pour qu'il se laisse aller à son chagrin...

— Augustin, je suis désolée pour ta sœur, mais je n'ai rien à voir là-dedans. J'étais dans ce couloir par hasard et je n'ai vu aucun geste déplacé.

Des larmes brillent derrière ses longs cils.

— Je n'aurais jamais permis une chose pareille, j'assure.

Joëlle se laisse tomber sur une chaise.

— Vincent l'a fait, il l'a vraiment fait...

Elle sanglote, triture son sautoir, ses ongles grincent sur les perles, détachent une écaille de nacre.

De grosses larmes roulent sur les joues d'Augustin.

Je lui prends la main :

— Calme-toi, parle-moi. Tu es très proche de ta sœur ?

— Papa s'est barré, maman dort toute la journée à cause des antidépresseurs. Lola, elle a que moi, c'est moi qui la protège.

– Comment as-tu eu l'idée des santons ? je demande.
– J'ai lu son journal intime. Elle mangeait plus, elle passait tout son temps dans sa chambre, elle voulait rien me dire et j'avais peur pour elle. Je croyais que c'était à cause de mes parents. Mais c'est parce qu'elle était amoureuse de Tartanguer. Elle avait collé sa photo, dessiné des cœurs, des petits mots qu'il lui donnait, elle écrivait qu'il ressemblait à Robert Pattinson, qu'ils étaient trop malheureux, qu'ils avaient besoin l'un de l'autre.
Le directeur tend un verre d'eau à Joëlle qui geint sur sa chaise.
Augustin ne lâche plus mon regard.
– Et Tartanguer, il lui racontait toute sa vie. Il lui avait montré ses santons. Quand il a su qu'elle était enceinte, il l'a abandonnée, il lui parlait plus. Dans son journal, elle écrivait qu'elle voulait mourir, qu'elle était toute seule. J'ai piqué ses santons et je les ai cachés au collège, sous son nez, dans la Vierge. Il pouvait pas les trouver, je voulais le faire chier. Je voulais lui faire du mal comme il a fait du mal à ma sœur.
– Et tu les as mutilés ?
– Oui. Je voulais qu'il sente la mort rôder autour de lui, je voulais qu'il crève de peur.
– Pourquoi n'en as-tu pas plutôt parlé au directeur ou à tes parents ?
– Ils sont comme vous, ils auraient rien fait.
Il tourne le regard vers le front luisant du directeur :

— Et vous, vous êtes qu'un lâche !
— Je t'interdis de parler de moi comme ça !
Je pose la main sur le bras d'Augustin, l'encourage à continuer.
— Je suis allé voir Tartanguer, je lui ai dit que bientôt tout le monde saurait qu'il avait mis ma sœur enceinte, que je bousillerais tous ses santons, que bientôt ils seraient dans les casiers de tous les profs.
— Tu l'as poussé à bout..., hoquette Joëlle.
Augustin se tourne vers elle :
— Ça a marché, il a vidé le bidon de soude. C'est bien fait.
Le directeur se lève, ouvre la porte de son bureau et fait signe à Julien qui patiente derrière la porte.
— Emmenez Augustin. Appelez ses parents, je ne veux plus le voir dans cette pièce.
— Vous pouvez toujours essayer, ils viendront pas, dit Augustin en sortant du bureau.
Joëlle s'effondre.
— Il a tué Vincent, il l'a rendu fou !
— Arrête un peu, je dis, il n'a pas eu besoin d'Augustin pour devenir dingue. C'était un queutard qui vivait chez sa mère, un fétichiste, un fou furieux qui a mis enceinte une élève !
— Lola... Qu'avons-nous fait ? elle gémit en se tournant vers le directeur.
— Ce qu'il fallait, nous avons agi selon l'Évangile, il répond.

C'EST OÙ, LE NORD ?

Son soulier vernis bat en cadence, nerveux, comme le jour où j'ai surpris leur conversation, au bistrot des profs...
« Lola Berneval est responsable de ses actes. »
Horrifiée, je m'assieds, soutiens le regard du directeur, blême.
– Vous l'avez convaincue de garder le bébé, je dis.
– Je ne savais pas que c'était celui de Vincent, répond-il.
– Moi non plus ! couine Joëlle.
– Pourquoi vous avez fait ça ? C'est une gamine !
– J'ai pensé que c'était très bien pour cette petite, elle ne s'intéresse à rien, ça lui donne une occupation, un but, explique Joëlle en sanglotant.
– On parle d'un bébé, pas d'un chiot !
Le directeur joint les paumes.
– Vous n'allez pas sortir de vos gonds à chaque fois que quelque chose vous déplaît, mademoiselle Beaulieu. Vous avez déjà eu ce que vous vouliez avec Basile, il passera le brevet comme les autres.
– Ça n'a rien à voir ! Vous êtes irresponsables, tous les deux. Vous avez forcé une gamine à garder un enfant et vous l'avez gentiment conduite vers la sortie. Déscolarisée à seize ans !
– Vous enseignez dans un établissement catholique, nous ne pouvions pas garder une élève enceinte, nous avons une réputation à tenir.

– Alors vous auriez dû l'aider, l'accompagner au planning familial, la sortir de là !

– Avorter est un crime, chaque vie est précieuse. C'est le dogme, tranche le directeur.

– Quel bordel, votre dogme ! Augustin avait raison. C'est pas ça du tout, Dieu.

Je sors de la salle en claquant la porte, le crucifix tremble sur son clou.

15

Théo m'a invitée à un concert au Nouveau Casino, la soirée s'appelle «*Wet For Me*», il cherche les beaux mecs, la main en visière, alors que je lui raconte la fin de l'histoire des santons.
– Tu vas rester dans ce collège ?
– Pour l'instant, je prends une année de disponibilité, je vais tenter l'agreg...
Il pousse un sifflement d'admiration en direction de la foule ralentie par les stroboscopes.
– Tu vas faire comment pour le fric ?
– Je lirai des revues porno aux aveugles ou je demanderai à ton père s'il peut m'entretenir.
– Très drôle... Tiens, regarde qui voilà !
Cléo apparaît dans la fumée. Théo s'éclipse. Cléo s'approche.
– Qu'est-ce que tu fais ici ? je demande.
– La soirée est organisée par une copine. C'est bien que je te voie, j'ai un truc à te dire.
Théo commande un verre au bar. Il m'observe, me

fait un signe de la tête qui signifie : « Fonce, t'inquiète pas pour moi. »
— Je pars demain à Budapest, j'ai été prise dans l'école de photo.
Sa rétine bleuit sous les spots phosphorescents. Elle me tient la main.
— C'est vraiment bien, je suis heureuse pour toi.
Elle se penche sur moi, m'embrasse le cou, son baiser caresse mes veines, glisse dans mon corps.
— J'ai envie de toi, Ella, elle me murmure dans l'oreille.
Je recule de deux pas, la main de Cléo est douce dans la mienne, elle attrape l'autre. Elle ne doute pas une seconde que je puisse dire non.
— J'ai envie que tu viennes chez moi, j'ai envie de te baiser, Ella.
Je souris, lui lâche la main, dis :
— Et moi, j'ai envie de danser.
Cléo tourne les talons, disparaît dans la nuit, les spots, la musique, elle disparaît dans l'escalier du club, elle disparaît dans les rues de Paris, les bouches de métro, elle disparaît de mon ventre et de mes lèvres. Cléo part à Budapest avec son appareil photo, ses robes fleuries, ses taches de rousseur, son parfum d'orange verte et le début de notre histoire d'amour dans sa poche.
Je ferme les yeux, laisse les taches de lumière s'éteindre sous mes paupières.

C'EST OÙ, LE NORD ?

Je sens les mains de Théo sur mes épaules, il enfonce son casque audio sur mes oreilles.

Don't worry about a thing cause every little thing gonna be alright.

16

Demain les grandes vacances commencent, je rentre à Dunkerque pour l'été.
Farid m'a indiqué un bassin spécial pour les poissons rouges, aux Buttes-Chaumont. Il dit qu'avec un petit pourboire le gardien veillera sur Klaus et le nourrira correctement. C'est mieux pour lui que de passer deux mois tout seul dans l'appartement.
Je l'emporte au parc dans un petit sachet en plastique.
Je ne suis jamais allée aux Buttes-Chaumont le dimanche, on n'entend plus les voitures, on aperçoit le Sacré-Cœur au loin, on se croirait en vacances loin de Paris dans ce jardin rempli de Parisiens.
Demain, au revoir Paris, bonjour la mer. Je jouerai au loto avec Mamie Colette, je nourrirai les castors avec Julie, je prendrai une bière avec papa et ses copains. Je croiserai peut-être Victor.
Sur le grand pont au-dessus du lac, une petite fille en robe de princesse vole au bout des bras de ses parents,

elle hurle de rire et de peur, le pont tremble sous nos pas.
    Je passe le stand de glaces et de barbes à papa, les balançoires vertes, trois euros les huit minutes, trois euros pour avoir cent fois l'impression que les pieds peuvent toucher les nuages. Des cris de joie s'élèvent du petit théâtre de Guignol. Derrière les haies, je distingue les dos des enfants qui applaudissent. La pêche aux canards n'a pas beaucoup de succès. Seule une grande fille en kimono et jean droit tient une canne et taquine un canard rose, un canard jaune, un canard orange. Ses longs cheveux noirs lui battent les reins.
    La pêche aux canards... C'est un peu bizarre, à son âge.
    Elle tend le panier rempli de canetons en plastique à la dame qui tient l'attraction, choisit un lot.
    Se penche sur une enfant en fauteuil roulant, lui donne le jouet, un kaléidoscope, et tourne le fauteuil face au lac.
    Le soleil m'éblouit, mais ce visage long, ovale, blanc, m'est familier.
    Je m'approche.
    C'est bien elle, les yeux fardés de vert et de paillettes.
    – Lou ?
    Elle me prend dans ses bras.
    – Pourquoi tu trimballes ton poisson aux Buttes-Chaumont ? elle s'esclaffe.
    – On prend l'air, je souris.

Dans le fauteuil, la petite fille pousse des cris de joie. Ses bras font des tours, comme décrochés du corps, le kaléidoscope virevolte, ses jambes sont deux fils plats dans un pantalon de toile bleue.
— C'est ton nouveau job ?
— Non, c'est ma petite sœur. Je te présente Aurore.
Elle se penche sur le fauteuil.
— Aurore, je te présente Ella, c'est ma meilleure amie.
Un morceau de mon cœur se décroche, j'ai envie de pleurer.
— Elle a quel âge ? je demande.
— Huit ans.
La petite me tend le kaléidoscope, je regarde un instant au travers du tube. Les verroteries multicolores se mêlent aux éclats d'arbres et du lac ensoleillé.
— Alors, c'est ça, ton secret du dimanche ? je fais à Lou.
— Oui...
— Mais pourquoi tu m'as rien dit ?
— Je voulais pas faire chier, j'avais peur que tu comprennes pas, et puis j'ai jamais trouvé le bon moment pour t'en parler...
Elle s'arrête un instant, pose un bob en jean sur la tête de sa sœur qui sourit la bouche ouverte, l'œil collé au kaléidoscope.
— Tu m'as manqué, Ella.
On s'assied sur un banc vert sous un tilleul, on prend une barbe à papa qu'on partage avec Aurore, je lui

raconte Cléo, la rencontre à Budapest, les nuits, les orgasmes, la fête, la lampe, son départ.
— Décidément, on a pas besoin d'être amoureuse pour être heureuse..., elle dit.
— Non, on a besoin de vrais amis.
— Et de fric, aussi..., elle soupire.
— Au fait Régilait, ça a marché ?
— Ils m'ont trouvée trop fade... mais j'ai été choisie pour jouer *Phèdre* au spectacle de fin d'année du cours Florent.
— Génial ! C'est quand ?
— En juillet... Tu fais quoi cet été ?
J'hésite un instant. Le temps de laisser entrer en moi l'odeur sucrée des beignets, les rayons de soleil qui rebondissent à la surface du lac, le frou-frou des feuilles d'un saule pleureur, le rire fou de la petite sœur de Lou.

Un cygne noir ouvre les ailes, dessine mille sillons, plonge le cou dans l'eau, en sort un poisson argenté, le gobe.

Moi, je peux vivre toute seule dans ma petite chambre de bonne. Mais Klaus, il se défendra en pension dans son bassin surpeuplé ? Une carpe le dévorera. Mon poisson sourit derrière son sac plastique.

Je pose ma main sur celle de Lou.
— Je reste à Paris.

Site Internet :
www.sarahmaeght.fr

Composition : IGS-CP
Impression : CPI Bussière en mars 2016
Éditions Albin Michel
22, rue Huyghens, 75014 Paris
www.albin-michel.fr
ISBN : 978-2-226-32599-0
N° d'édition : 21853/01 – N° d'impression : 2020683
Dépôt légal : avril 2016
Imprimé en France